記憶屋0《ゼロ》

織守きょうや

角川ホラー文庫
21920

目次

in the cabin 5：27 PM

自宅から片道一時間半ほどの距離にある遊園地に行こうと、近所に住む幼なじみの真希《まき》が言い出したのは、夕食後にデザートのりんごを食べているときだった。

パートの遅番が入っていた遼一《りょういち》の母親は真希と入れ替わりに出て行ってしまい、父親もまだ帰宅していない。真希が遊びに来るのを見越して、りんごは二人分用意されていたので、ダイニングのテーブルで一緒に食べた。

真希は、遼一が毎週買って読んでいる少年漫画誌の連載漫画を気に入っていて、発売日の夜にはいつも遼一の家に読みに来る。遼一はこれから宿題をするつもりだったから、食べ終わったら漫画を持って帰れよと真希に言おうとしていた矢先だった。

真希の父親が福引で当てたか、当てた人にもらったとかで、無料のチケットが二枚あるらしい。

学校の友達と行けばいいだろと言ったら、真希はわかってないな、というように口を尖《とが》らせた。

「二枚だけっていうのが微妙なの。女子のグループってそういうの敏感なんだから。一人だけ誘うわけにはいかないでしょ」

そういうものか。

遊園地なんて、何年ぶりだろう。

特に週末の予定はなかったからつきあってやってもよかったが、数人でわいわい行くのならともかく、年下の女の子と二人で遊園地というのもなんだか気恥ずかしいような気がする。

遼一が迷っていると、

「いいでしょ、せっかくチケットもらったんだし、デートの練習だと思って」

真希はそう言って、チケットを遼一の手に押しつけてきた。

「なんだよそれ、余計なお世話」

「じゃあ私の練習につきあってよ」

遼一は渡されたチケットに目を落とす。赤いスタンプで、有効期限の日付が押されている。

遼一より三つ年下の真希は今、中学二年生だ。

高校生の遼一から見れば、まだ子どもだ。幼稚園児のころから知っているから余計に、子どもっぽい印象が抜けないのかもしれない。

その真希がデートの練習などと言うのが、なんだか不思議で、ほほえましいような、淋《さび》しいような、複雑な気分だ。

まあいいけど、と遼一が呟《つぶや》いたのを真希は聞き逃さず、「じゃあ決まりね」とその場で日程まで決められてしまった。

そんなわけで、遼一は真希と二人で遊園地にいる。

列に並び、人気の乗り物から順に乗り、ジェットコースターには二回乗った。ねだられて、何枚か写真を撮った。飲み物は外のコンビニで買ったペットボトルのお茶を持ち込んで、園内で馬鹿みたいな値段のホットドッグとソフトクリームを食べた。

チケットは貰《もら》い物だったから、年上の見栄《みえ》で、ホットドッグとソフトクリームは奢《おご》ってやった。

日が暮れかけて、そろそろ帰ろうかとなったとき、真希が、最後に観覧車に乗りたいと言った。

遊び疲れてくたくただったが、締めとしては悪くない。刺激的なほかの乗り物とは違い、観覧車の前に列はできていなかった。

待ち時間ゼロで乗りこんだゴンドラは、ゆっくりとあがっていく。

向かいに座った真希は、乗りたいと言った割にはしゃいだ様子もなく、窓から下を見下ろしている。


……………


ふっと意識が浮上して、瞬《まばた》きをすると、見慣れない景色が見えた。

窓越しに見える空とカラフルに塗られた鉄骨と、空のゴンドラ。

ああそうだった、ここは観覧車の中だ。真希と来た遊園地の。

向かいに座った真希は、窓枠に頬杖《ほおづえ》をついて外を眺めている。横顔に夕日が当たっていた。

「うお、一瞬意識飛んでた。ごめん」

「もう、一瞬じゃないよ、三分くらい寝てたよ。信じられない」

ふてくされた声で真希が言った。

一瞬ちらっとこちらへ視線を向けたものの、拗《す》ねた様子でそっぽを向いている。

遼一は「ごめんって」と頭を掻《か》いた。

真希は手のひらに顎《あご》をのせていたから、口元は手のひらで隠れているが、きっとへの字になっているはずだ。
ゴンドラの中は夕焼けの色だった。
すごい夕日、と言って真希が目を細める。つられて遼一も外を見た。
確かに、夕日が目に痛いくらいだ。
そのせいだろうか。
遼一のほうを見ようとしない真希の目が、潤んでいるように見えた。
真希はごまかすように、遼一から表情を隠すように、少し顔を傾けて、「眩《まぶ》しいね」
と言った。

フォー・ザ・フューチャー

高原《たかはら》が、事務所の面談室で依頼者と、交通事故の損害賠償請求について話をしていたときだった。

「そうだ、高原先生。記憶屋って、ご存知ですか」

依頼人である入江《いりえ》美月《みづき》が突然、そんなことを言った。

記憶屋――忘れたいのに忘れられない記憶を抱えた人間の前に現れて、その記憶を消してくれる、都市伝説の怪人。子どもっぽい作り話だ。

法律事務所の面談室には、およそふさわしくない話題だった。

しかし高原は、何ですそれ、と笑うことはできなかった。

その名前を聞くのは、初めてではなかった。

＊　＊　＊

半年ほど前、高原は、知人に頼まれて、瀬川《せがわ》いずみという高校生の少女と、その母親の啓子《けいこ》に会った。

法律相談を受けるときは、通常は相談者に事務所へ来てもらっているが、そのときは、高原のほうから瀬川家へ赴いて話をした。いずみが、自宅から出られない状態だったからだ。

いずみは、奇《く》しくも入江美月と同じ、交通事故の被害者だった。とはいっても、事故を起こした加害車両は彼女の身体にかすりもしていないので、厳密には、「被害者」と定義できるのかどうかは意見が分かれるところだろう。非接触事故の相談自体は、これまでにも受けたことがあったが、いずみの場合は事情が特殊だった。

朝の、ちょうど通学や通勤途中の歩行者の多い時間帯に、信号を無視した加害車両が横断歩道に突っ込み、通行中の女子高校生二人を撥《は》ねる事故が起きた。撥ねられた被害者のうち一人は亡くなった。

撥ねられた被害者たちは、いずみの二メートルほど前を歩いていた。

同じ制服を着てはいたが、おそらく学年も違う、知らない生徒だったそうだ。

いずみは、数秒前まで笑いながら歩いていた彼女たちが車に撥ね飛ばされるのを目撃した。

そしてそれ以来、外を歩けなくなった。

「あんなことは一生に一度あるかないかだって、お母さんにも言われたし、頭ではわかっているのにダメなの。どうしても、怖くて」

瀬川家の居間で、二人がけのソファに母親と並んで座ったいずみは落ち着いていて、何の問題も抱えていないように見えたが、事故の話をし始めると、表情は硬くなり、膝《ひざ》の上で握った手が震え出した。

安全であるはずの横断歩道へと、スピードを落とさずに突っ込んでくる車と、衝突音、切り裂くような急ブレーキ。それらが何度も夢に出て、眠れない日々が続いたという。

「どんってぶつかって、目の前から人が消えて、キキーッてすごい音がして、何か、焦げたようなにおいがして……火事じゃないのに何で焦げ臭いのかわからないんだけど、そんなにおいがした。そういうのが、わっと一気に押し寄せるみたいになって、目が覚めて……」

焦げたようなにおいは、タイヤが急ブレーキで道路を擦《こす》ったせいだろう。

啓子が、娘を気遣うように、うつむいてしまったその肩に手を添える。

「家から出ようとすると、そのとき見たものとか音とかにおいが、わっと襲ってくるの。夢と同じで、勝手に押し寄せてくるから、自分ではどうしようもないの。身体が固まって、一歩も歩けなくなって……」

自宅にいれば普通に生活できるのに、外へ出ようとすると事故の記憶がよみがえり、恐慌状態に陥ってしまうのだそうだ。

いずみは、事故でけがをしたわけではないが、事故を目撃したせいで心に傷を負った。車を運転していた加害者に、損害賠償を請求できないか――というのが、高原へと持ち込まれた相談だ。

非接触の事故に関する相談自体は、それほど珍しいものではない。たとえば横道から突然出てきたり急な進路変更をしたりした車をよけようとしてバイクや自転車が転倒した、というようなケースは、ときどきある。それも、交通事故であることに変わりはなく、損害賠償の対象になる。

しかし、いずみの場合、身体的な外傷がないのが問題だった。

彼女が事故に巻き込まれた、と言えるかどうかは、微妙なところだろう。客観的には、いずみはただ、事故を間近で目撃した、というだけだ。

やるだけ無駄だとまでは言えないが、簡単ではない。場合によっては、デメリットばかりが大きく、得るものは何もないという結果に終わるかもしれない。そういう事件だ。弁護士としては、そもそも受任するかどうかの時点で、慎重にならざるをえない。

一通りの話を終えると、啓子に促されていずみが居間を出ていき、大人二人が残された。

力になりたいという気持ちはあったが、実際に役に立てる見込みがないのに首を突っ込んでも仕方がない。

弁護士として、積極的に訴訟を勧めることはできないと、正直に啓子に話した。

彼女は、冷静に話を聞き、わかっていますと答える。その上で、できることはやってみたいのだと言った。

「いずみは、今でも外に出ようとすると足がすくんで……外出できないので、心療内科に通うこともできません。訪問カウンセリングもお願いしているんですが、あまり効果はなくて」

啓子は娘とよく似た仕草で膝の上に置いた手をぎゅっと握り、眉根《まゆね》を寄せる。

「時間がたてば記憶が薄れて、いずれは外出できるようになると思っていました。でも、もう一年近くになります。このまま待つだけでいいのかと思うと、たまらなくて……何かしたいんです。加害者との話し合いや訴訟で、決着がついたら、一区切りになるんじゃないかと……。それをきっかけに、いずみも乗り越えられるんじゃないかと。意味のあることかどうかわかりませんが、意味があるかもしれないことなら、やってみたいんです」

率直に言えば、加害者に対して勝ち目が薄い訴訟を提起することが、いずみの回復に役立つとは思えない。

それでも、彼女たちが、やってみたいと望み、弁護士としての自分を頼ってくれるのなら——弁護士として、できることをするしかなかった。

「わかりました。できるだけのお手伝いをさせていただきます」

高原がそう言うと、彼女は涙ぐんで頭を下げた。

契約書を取り交わすに先立ち、改めて今後の方針について話し合う。

母娘《おやこ》が望んでいるのは賠償金それ自体ではないとわかっていたから、できる限り彼女たちの希望に沿う形の解決につながるよう、考えながら話した。

「加害者に謝罪してもらいたい、という方は多いんですが、裁判をして勝ったとしても、謝罪を強制することはできないんです。だから、訴訟提起した場合、謝罪ではなく、賠償金を求めることになりますが……話し合いにおいては、お金を要求しない代わりに、あるいは減額するかわりに謝罪してほしい、という交渉が可能な場合もあります」

高原の説明を、啓子は真剣な表情で聞き、何度もうなずいた。

「加害者に謝罪してもらえるのなら、賠償金はとれなくてもかまいません。謝罪してもらえないとしても、それは仕方がないことだということも、理解しました。その場合は、保険会社に対してでもいいので、賠償金を請求してください。示談できた、もしくは訴訟が終わった、ということで、この件に決着がついたら……そうすることで、事故を『終わったこと』にできるんじゃないかと思うんです。いずみの中で、一区切りになれば」

請求が訴訟外だろうと訴訟上だろうと、そもそも事故との因果関係がないと門前払いにされる可能性が高かったが、だめでもともとだ。加害者からの謝罪を得られるか、保険会社が、いくらかでも費用を負担してくれるという話になればよし。もしも話し合いに応じてもらえない場合は、そのときに改めて、訴訟を提起するかどうかを相談することになった。

啓子に見送られ、玄関で頭を下げたとき、奥の部屋で電話が鳴るのが聞こえた。
「どうぞ、出てください。私はこれで失礼します」
恐縮する彼女に手を振って、高原は自分で玄関のドアを開け、外へ出る。
瀬川家の敷地は、ぐるりと塀で取り囲まれ、玄関側の一面だけが開いていた。建物から出口門柱までは、一メートルほどの短い石畳が続いていて、その右側には小さな庭がある。

外へ出て、途中でふと庭に目を向けると、いずみが庭に面した縁側に腰かけているのが見えた。

高原が帰ろうとしたとき、啓子が二階の彼女の部屋に向かって声をかけたのだが、下りてこないと思ったら、こんなところにいたのか。

高原が石畳から外れ、一歩近づいて「お邪魔しました」と声をかけると、いずみは顔をあげ、ぺこりと頭を下げた。

「半年くらいしてから、庭には出られるようになったんだ」

塀があるし、車は入ってこられないから。と、庭用らしいサンダルを履いた自分の足先を見ながら、いずみは独り言のような調子で呟《つぶや》く。

「そう」

「うん」

庭は、縁側のある和室に面しているから、玄関のドアを開ける必要はない。

庭は塀に囲まれているが、少し左へ行けば、門柱の外へと続く石畳だ。立ち上がって首を伸ばせば、自宅の前の道路が見える。

しかしいずみは、左側を見ないようにしているようだ。

高原の視線に気づいたのか、いずみはちょっと顔をあげ、

「ちょっとずつ慣れるように、そっち側に近づいてみたりしてるんだよ。ここから外を見るだけなら大丈夫になってきたし」

「頑張ってるんだね」

「すごく、ゆっくりだけど……」

照れたように少し笑った後で、もどかしそうに言った。

それからしばらく、いずみは足を前後にぶらぶらさせ、その動きを眺める。何か言おうとしている様子なのがわかったから、高原も黙って待った。

やがていずみは、高原を見ないで、そっと口に出す。

「私、本当は、運転してた人に罰を与えたいとか、お金を払ってほしいとか、そういうのはないんだ」

母親の前では言えなかったのかもしれない。しかし、啓子は気づいているだろう。

「うん。そうかなって思ってたよ」

「許せない！　とか、そういうことは思ってない。それより、とにかく、前みたいに外を歩けるようになりたい。事故のこと、できれば全部忘れたい。忘れるのは無理でも、平気になるように……そのための治療にお金がかかるんだったら、その、訴訟？とかも、してもいいかなって思うけど、それくらいの感じ」

「うん」

思ったとおりだ。

いずみの望みはただ、忘れることだ。しかし、母親にも高原にも、彼女から事故の記憶を取り除くことはできない。

だからせめて、彼女の一番の望みではなくてもいずみのためにできることを探したくて、啓子はトラウマを植え付けた原因に対して「法的に決着をつけること」を考えついた。

時間が癒《いや》してくれるように、傷が薄れていくように、祈りながらそばにいる——それだけでも意味のあることだと高原は思うが、母親としては、それでは耐えられなかったのだ。娘のために何かすることで、彼女自身も救われるという側面もあるかもしれない。

いずみのほうもそれがわかっていて、母親を止めずにいるようだった。

「交通事故被害者のサポートをしているNPOを紹介するよ。訪問カウンセリングもやってる。いろんなことを試してみて、少しずつ、大丈夫になっていければいいよ。俺もできることは協力するから」

いずみは縁側に両手をついて身体を支えながら、うん、ありがとう、と頷《うなず》く。

その様子から、彼女がカウンセラーに対して期待していないらしいことがわかった。訪問カウンセリングの類《たぐい》は効果がなかったと啓子が言っていたから、もうあきらめてしまっているのかもしれない。

高原がかける言葉を探していると、いずみがふと、何かを思い出したかのように顔をあげた。

「先生、このあたりで、緑色のベンチがあるところって、どこかな」

「ベンチ？」

おかしなことを訊《き》くと思ったが、せっかくいずみのほうから話題を振ってくれたので、問われるままに記憶をたどる。ベンチくらい、いたるところにあるはずだが、色など普段は意識しないから、とっさには思い浮かばない。

「ちょっと遠いけど、二丁目のバス停の前にある公園のベンチがダークグリーンだったかな。わかるかな、図書館のそばの……あ、図書館の前にもベンチがあるね。でも色は覚えてないな」

「二丁目かあ。そこまで行けるようになるには、どれくらいかかるかなあ」

身体を反らして空を見上げ、いずみが大きく息を吐く。

今日見た中で一番、年相応の少女らしい仕草だった。少しは打ち解けてきてくれたのだろうか。

「緑色のベンチを探してるの？　どうして？」

高原が尋ねると、いずみはすぐには答えずに、じっと高原を見る。話そうかどうか、考えているようだった。

それから、試すように、

「記憶屋って知ってる？」

高原から目を離さずに聞いた。

「きおくや？」

聞き慣れない言葉だ。

おうむ返しに尋ねると、それだけで、高原は何も知らないといずみにはわかったようだった。

「知らないならいいんだ」

ふいっと視線をそらし、少し残念そうに、けれどどこかほっとしたように、彼女は眉《まゆ》の下がった笑顔で言った。

「公園まで行けないから、どうせ、会えないし。来てくれたらいいのにって思っただけ」

先生、ありがとう。

そんな一言で、彼女は会話を終わらせる。

追及しても、これ以上、この話はできないだろう。それがわかったから、高原も引き下がった。

もとより高原は彼女のカウンセラーでも、友人でもない。代理人として活動する上で必要な範囲を超えて、プライバシーに立ち入る必要はないし、そうすべきでもない。

ただ、一時他愛のない話をするだけでも、少しはいい刺激になって、彼女が立ち直る助けになればいいと思った。

高原が歩き出しても、いずみは縁側から動かず、庭の緑を見ていた。

記憶屋、という名前が耳に残って、事務所へ戻ってからインターネットで検索してみた。

どうやら、都市伝説の一種らしい。

人の消したい記憶を消してくれる、不思議な力を持った怪人が、求める者のところに現れる。その怪人の名前が、記憶屋だ。

それほどメジャーな話ではないようで、情報は断片的だった。記憶屋は灰色のコートを着ている、夕暮れ時に現れる、一度消された記憶は戻らない、記憶屋に関する記憶も消されてしまうから、記憶を消された人は記憶屋の顔を思い出せないし、自分が記憶屋を探していたことさえ忘れてしまう――。誰がどんな目にあったというようなストーリー性もほとんどなく、何故こんな都市伝説が流行《はや》るのかと不思議なくらいだ。

(いや、流行ってはいないのか)

いずみに聞くまでは、高原は記憶屋なんて聞いたこともなかったし、サイトの上での扱いも小さい。都市伝説の中でも、マイナーな部類らしかった。もともと一部の地域でだけ共有されていた民話か噂話のようなものが、いつのまにかインターネット上で「都市伝説」というくくりで語られるようになった……というところか。

「記憶屋は、夕暮れ時に現れる……」

都市伝説について収集しているサイト上で見つけた、記憶屋についての記事は、そんな風に始まっている。

記事には記憶屋に会うための方法も書いてあったが、都市伝説の怪人を呼び出すためと聞いて想像するような、儀式のようなものは特にないらしく、駅の伝言板に名前を書くと来てくれるという古風なものから——そもそも、今時、伝言板の設置された駅はあるのだろうか——インターネットで会いたいと言っている相手に接触してくるというものまで、妙に現実的な方法が挙げられていた。

緑色のベンチに座っていると現れるとも書いてあり、いずみが言っていたのはこれか、と思い当たる。

どれも現実に簡単に試せる方法ではあるが、その一方で、随分と運任せだ。たまたま記憶屋が駅の伝言板やインターネット上の書き込みを目にするとか、無数にある緑色のベンチのどれかに、記憶屋を求める誰かが座っているときに、たまたま記憶屋本人が現れるなんて偶然が、どれだけの確率で起こりうるか——どの家に子どもがいてどんなプレゼントを欲しがっているか把握しているサンタクロースのように、記憶屋には求める人を察知する不思議な力があるという設定なのだろうか。

そうでなければ、記憶屋が、よほど限定された地域でしか活動しておらず——例えば、町内の緑のベンチを巡回して回っているとか、都市伝説サイトの掲示板を欠かさずチェックしているとでもいうのか。

そもそもが架空の存在だ。都市伝説の設定に文句を言うのも大人げないか、と嘆息して、高原は記憶屋の紹介ページから、サイトのトップページへ戻る。

都市伝説に関する情報を集めたサイトには、誰でも書き込みができるようになっている掲示板があった。それほど活発ではないようで、書き込みはぽつぽつとしかなかったが、その中で、一つの書き込みが目に留まる。

I.S:『こわいめにあって、家から出られません。記憶屋のベンチに行けたらいいのに』

家から出られない、というところが引っ掛かった。

書き込みがされた日付は、二週間ほど前だ。さかのぼってみると、ほかにもいくつか、同じハンドルネームでの書き込みが見つかる。そのどれもが、記憶屋に会いたい、情報が欲しい、という内容だった。

個人について特定できる情報はほとんどなかったが、学校へ行けない、という書き込みがあったので、学生であることはわかった。口調から、女の子であるらしいということも。I.Sというイニシャルから考えても、書き込みのタイミングから考えても、間違いないだろう。庭で高原に記憶屋について尋ねたのは、冗談ではなかったのだ。嫌な記憶を消してくれるという都市伝説の怪人を、瀬川いずみは本気で探しているらしい。

それを、子どもっぽいと笑うことはできなかった。

一年近く外へ出られないと言っていたから、その間に、試せることは何でも試しただろう。それでも効果がなく、時間だけが過ぎて、このまま自分は動けないままなのかと、不安でたまらないはずだ。架空の存在に縋《すが》りたくなっても無理はない。

しかし、存在しないものをどれほど追い求めても仕方がない。

高原に言われるまでもなく、いずみ自身もそれをわかっているはずで、だからこそ、現実を見ろなどとは言えないが――記憶屋に会いたい、とインターネットに書き込んでいるだけでは、事態が好転しないことは間違いない。

記憶屋に会うために外に出ようと努力して、その結果、少しずつ外出できるようになる――などという展開を期待するのも、楽観的すぎるだろう。

何ができるだろうと考えて、結局何もできそうにもない、自分の無力さが情けなくなる。

法律や法律家にできることには限界があり、いずみが本当に望んでいるものを与えることはできないが、それにしても、架空の怪人に負けているようではだめだ。

高原は息を吐いて、パソコンのウィンドウを閉じた。

「トノちゃーん、休憩。紅茶淹《い》れて」

首を回しながら声をあげると、開けたままにしていたドアから、有能なアシスタントが顔を出す。

「はい。執務室にお持ちしますか？」

「んー、そっちに行くよ」

デスクチェアから立ち上がる。

直接的な解決にはならなくても、せめて弁護士として、加害者や保険会社との話し合いで、「事件に一区切り」をつけることができればいいのだが。

＊　＊　＊

予想はしていたことだったが、保険会社との交渉は難航した。

いずみが現在も自宅から出られないほどの精神的障害を負っており、それが事故に起因するものだという根拠、客観的な証拠が足りない。事故から一年経過していることもあって、保険会社の反応は悪かった。加害者本人も同様だ。

保険会社の担当者と何度か話をした後、対応の窓口は顧問弁護士に替わったが、加害者側の方針は変わらなかった。

曰《いわ》く、瀬川いずみの状態と本件交通事故との間に、相当因果関係は認められないから、損害賠償請求には応じられない。

結局のところ、これ以上の話は、法廷で――というところに行きつき、高原は啓子にその旨を伝えた。

損害賠償請求訴訟を提起するかどうかについては、少し考えさせてほしいと言われ、もう一月経っている。

決断を急がせるようなことはしたくないが、いつまでも何もせず、ただ待っているわけにもいかない。一度事務所へ来てもらい、直接会って話をしたほうがいいかもしれない。高原がそう思い始めたころ、啓子から電話がかかってきた。

『先生、ご連絡が遅くなって、申し訳ありません』

おや、と思った。

声が明るい。

申し訳なさそうな口調ではあるが、以前話していたときとは印象がまるで違う。

「いずみさんはどうされていますか」

探りを入れてみると、

こなくなる。


『それが』

よく聞いてくれた、というように、さらに一段明るくなった声で、彼女は言った。

『もうすっかり、よくなったんです。嘘みたいに。今日も、学校に行っています』

状態が改善されたのだろうとは思っていたが、予想以上の答えに、一瞬言葉が出てこなくなる。

一か月前、請求を続けるならば訴訟提起するほかなさそうだ、と電話で伝えたときには、確かまだ、庭に出るのが精いっぱいだと言っていたはずだ。この一か月で、劇的な回復ぶりだった。

「そうですか。それは……よかったです。本当に」

『はい。ありがとうございます、おかげさまで』

おかげさまでと言われるようなことは、何もしていない。加害者サイドとの交渉は難航し、いい報告は何一つできないまま、勝ち目がなくても続けるかやめるかの選択を、本人たちにさせることになってしまっていたのだ。

しかし、彼女は本心から感謝しているらしい。声でわかった。電話越しだというのに、深々と頭を下げている様子が見えるようだ。

『先生に来ていただいた後、あの子、外出をしようと頑張ってたんです。何度か、実際に外に出たこともありました。それまでは、せいぜい庭に出てぼうっとしているくらいで、リハビリみたいなことはやめてしまっていたから、もうあきらめてしまったのかなと思っていたんですが……先生にお会いした後、また頑張るようになって。先生とお話をして、思うところがあったみたいで』

「いや、それは」

高原のおかげ、とは言えないだろう。

しかし、自分と話した後で、いずみの様子が変わったのなら、理由に心当たりはあった。

あのとき一度検索してみたきりで、今の今まで思い出しもしなかったが——おそらく彼女は、緑色のベンチのある場所へ行こうとしていたのだ。

記憶屋に会うために。

『でも、やっぱり、家から出るとすぐに気分が悪くなってしまって、数メートル歩くのも難しいようでした。真っ青になって、出ようとしては戻り、一歩出ては戻りの繰り返しでした。それが——ある日突然、何事もなかったかのように、外に出られるようになったんです。先週です。学校の友達が、心配して訪ねてきてくれた翌日でした。それが刺激になったのかもしれません』

奇跡について話すような口調で、彼女は続ける。

『あの子、朝、何事もなかったかのように、制服を着て二階から下りてきたんです。

そのまま家を出て、学校へ行こうとして——大丈夫なの、と聞いても、何が？　なんてきょとんとしていて。おそるおそる事故の話をしてみたら、事故を目撃したこと自体、覚えていないと言うんです』

「覚えていない？」

はい、と電話の向こうで頷《うなず》く気配がした。

『寝ぼけて頭でも打ったのか、それともストレス性の健忘症か何かじゃないかと思って、急いで病院に連れて行きました。でも、原因はわからなくて。脳にも異状はないそうです。事故のことを忘れてしまった、ということ以外は、まったくおかしいところもなく、健康そのもので……心療内科の先生にも話を聞いたんですが、自分自身を守るために、記憶にふたをしてしまったのかもしれないということでした』

今はもう、自分で病院へ行って医者にかかることもできるようになったわけだ。一番それを必要としていた時期にはかなわなかったことが、不要になってから可能になるというのも皮肉な話だった。

しかしもちろん、それ自体は喜ばしいことだ。

事故のことを忘れて、これまで通りの生活を送ること。それこそ、いずみの望んでいたことだった。

ただ、それが突然の記憶喪失というあまりに現実感のない出来事の結果であり、原因が不明となると、明らかに異常な事態ではあるので、手放しで喜んでいいものかわからない。

高原は、「そんなことがあるんですね」と間抜けな相槌《あいづち》を打つことしかできなかった。

『はい。最初は混乱しましたけど、もうすっかり事故の前と同じように生活できるようになったので……私も、今は、このままのほうがいいのかもと思っています。もともと忘れたかったことですから、思い出す必要もないと』

「そうですね」

『この一年のことも、覚えていないようです。事故にあって自宅療養していたということは説明して、理解はしたようですが、ピンときていない様子でした。その……先生のことも、覚えていないみたいで』

言いにくそうに告げられる。ショックは受けなかった。それはそうだろう。事故のことも、引きこもってしまった期間のことも丸ごと忘れているのなら、高原のことだけ覚えているはずがない。もともと、事故がなければ、高原はいずみとかかわることもなかったのだ。

『お世話になったのに、すみません。一度いずみと一緒にご挨拶《あいさつ》にと思っていたんですが……』

「いえ、それは……仕方のないことですし、それより、いずみさんが回復したのなら、それが一番ですよ」

せっかく事故のことを忘れているのなら、思い出させるようなことはしないほうがいい。

来所しての挨拶は丁重に辞退して、改めて、「よかったですね」と伝える。まだ、単純に喜んでいいものなのかどうか迷いはあったが、心からの言葉に聞こえるように言った。

よかったと言っていいはずだ。少なくともいずみはもう苦しんでいないのだし、啓子もそれを受け入れつつある。

高原の言葉に安心したのだろう、電話の向こうの啓子の声が涙声になった。

『高原先生、いろいろとありがとうございました。お世話になりました』


「それで、訴訟はやめたんですか？」

紅茶を淹《い》れてくれながら、アシスタントの外村篤志《とのむらあつし》が言った。

高原は、うん、と答えて手を伸ばし、カップを受け取る。

「母親のほうは、事故のことを蒸し返してまた記憶が戻ったら、って心配してるみたいでね。そっとしておきたいってことらしい」

「それは、わかる気がします」

「うん。もともと、積極的に賠償金が欲しいと思っていたわけでもないようだったし、彼女が立ち直れたなら、それでいいと思うよ」

正直に言えば、事故の記憶だけが消えるなんて都合のいい話は、にわかには信じがたい。

普通ならば、いずみ本人による狂言ではないかと疑うところだ。

しかし、もしも、いずみが母親に心配をかけまいと、忘れたふりをしているだけなのだとしても、事故を目撃したこと自体を忘れていることにしたいなら、本人としては加害者と争う気はないということだ。記憶が消えたというのが本当でも嘘でも、これ以上高原にできることはない。

外村の淹れてくれた、湯気のたつ紅茶に口をつけた。

ベルガモットの香りが広がり、それだけで疲れが消えていくような気がする。

「これ、安藤《あんどう》さんからのいただきもの？　おいしいね」

「はい。黒い缶のやつです」

茶葉は、顧問先の社長が贈ってくれた高級品だ。

華やかな香りを楽しみながら味わう。

紅茶をくれた社長にもいずみと同じ年ごろの娘がいて、ついこの間、社長宅で顔を合わせたことを思い出した。自傷癖があるという彼女は、初対面の高原をにらみつけ、手首に巻いた包帯に触れながら自分には痛みが必要なのだと言った。その様子は、毛を逆立てた猫のようだった。

人間は——特にあの年ごろの子供は脆《もろ》くて柔らかくて、一度バランスを失うと、立て直すのは簡単ではない。

傷を癒《いや》す方法がわからない、いつかは癒《い》えるのか、それすらもわからないから、本人も家族も、もどかしくてたまらないだろう。

何かのきっかけで劇的に変わるということはあるのかもしれないが、その何かに、誰もが出会えるわけではない。

そう思うと、いずみが今事故の前の生活に戻れているというのは、まさしく奇跡なのかもしれない。

どんな理由であれ、喜ぶべきことだ。記憶が消えたと聞いたときは驚いたが、次第に、そう思えてきた。

「でも、よかったですね。事故のことは忘れて前のように生活したいって、望んでいたとおりになったわけですから」

「うん。本当に忘れているなら、まさに彼女の望んだとおりだね」

紅茶のポットにティーコゼーをかぶせていた外村が、手を止めて高原を見る。

「先生は、本当に忘れたわけじゃないと思っているんですか？」

「どうだろうね。本当に忘れているなら、よかったと思うけど……そうじゃなかったとしても、外に出られるようになったんだから、そこを追及する必要もないかなと思ってる」

わざと曖昧《あいまい》な答え方をした。

記憶が消えたなどという話を頭から受け入れることには抵抗があり、それを前提に外村と話をすることにはさらに抵抗があった。

しかし、考えれば考えるほど、いずみが記憶をなくした演技をしているとは思えない。

直接話したのは一度きりだが、彼女の傷は相当に深いようだった。母親に心配をかけたくないという気持ちだけで、忘れたふりなどできるものだろうか。

一年も家から出られず、庭に出られるようになるのにも半年かかったと話していた彼女が、ある日突然外出できるところまで回復したということは――彼女が事故のことを忘れてしまったということ自体は、本当なのではないか、と思った。

受け容《い》れ難いのは、記憶が消えた理由のほうだ。

「さてと、そろそろ仕事に戻ろうかな」

「あ、ちょっと待ってください。お茶菓子があるので、今……」

「じゃあ食べてからにしよっと」

ソファから背を浮かしかけていたのを、また戻した。

記憶が消えたと聞いたとき、すぐに、いずみが探していた都市伝説のことが頭をよぎったが、外村には話していない。

もちろん、そんな怪人が実在するはずはない。

いずみが事故のことを忘れたのなら、おそらく、それは彼女が強く望んだから――彼女自身の脳の働きだ。自分の精神を守るための、自己防衛本能が働いたのだ。

いずみ自身が望んで、自分の記憶を消したのなら、彼女は自力で立ち直った、と言っていい。そのために切り捨てられたものがあったとしても、この先彼女がずっと事故を忘れられずにいたら失うかもしれなかったものと比べれば、ごくわずかだ。

(もし本当に、怪人に記憶を消されたんだとしても――彼女も母親も、感謝するだろう)

ありえない仮定だが、そう思った。

正義がなされることよりも、大事な人には健やかに生きてほしいと思うのは当たり前のことだ。

そのためなら、どんな方法でも、怪しげなものに頼った結果でも――苦しみのさなかにいる本人はもちろんのこと、周囲の人たちもきっと、受け容れる。

「先生」

キッチンにいる外村が声をかけてきた。

「カップケーキ、種類があるんですけど、どれがいいですか？　レモンと苺《いちご》とチョコレートとブルーベリーとチーズです」

「何それおいしそう。どれにしようかな」

実物を見に行こうとソファから腰をあげた、そのとたん、ぐらんと視界が回った。

高原はそのまま、ソファに逆戻りする。

柔らかい背もたれに受け止められ、息を吐いた。

幸い外村はキッチンにいて、気づいていないようだ。目を閉じてやり過ごす。

最近、眩暈《めまい》がひどい。

外村が心配するので黙っているが、朝起きたときの頭痛も慢性になりつつあった。

何年も健康診断を受けていなかったが、さすがに不養生しすぎたかと反省して、先月病院へ行き、大学病院への紹介状を書いてもらったところだ。今はそのときもらった鎮痛剤で頭痛を散らしているが、きちんと検査を受けて、何もないとわかれば安心できる。

「先生？」

キッチンから、外村の不審げな声が聞こえてきて、我に返った。

「んー、迷うなあ。ブルーベリーかな」

目を閉じたまま、茶菓子選びに迷っている風を装って返事をすると、外村が「ちょっと待ってくださいね」と言う声が聞こえる。

少しして、キッチンから出て来たらしい足音がした。

眉間《みけん》を押さえてから、そっと目を開けてみると、視界はもう揺らいでいなかった。

ほっとして、ソファから身体を起こす。

「先生、どうぞ」

外村が、全種類のカップケーキを大きめの皿にのせて運んできてくれた。

選んでくださいと差し出されるのが、まるで高級ホテルのスイーツサービスのようだ。皿いっぱいに並んだケーキを一目見て、テンションがあがる。

「どうしようかな、チーズもいいな。二つ食べたらおなかいっぱいになるからなー」

「一つにしておいてください、夕食が入らなくなるんで」

「トノちゃんも食べなよ。あ、そうだ一個ずつ選んで半分こしようよ、そしたら二種類食べられる」

外村は、半ば呆《あき》れながらも、高原の要求に応じて二つのカップケーキを半分に切ってくれた。紅茶をおかわりし、味わって食べたおかげで予定していた仕事の再開と終了が三十分ほど遅れたが悔いはない。

お菓子のおかげで体調への不安を忘れそうになっていたが、仕事を終えて立ち上がったときにまた眩暈が来た。これまで数日に一度、という程度だったのに、今日はこれで二度目だ。いよいよ、無視できなくなってきた。

近いうちに、どうにか半日仕事の予定を空けて、検査に行ってこよう。

そんな風に思って、二か月ほどが過ぎた。

＊　＊　＊

「高原先生。記憶屋――って、ご存知ですか」

事務所の面談室で交通事故の損害賠償請求事件の相談を終え、契約書を取り交わした後、入江美月はそんなことを言った。

そのときまで、高原は、瀬川いずみのことも、記憶屋のことも忘れていた。

またその名前を聞くことになるとは思っていなかった。

しかし、聞いた瞬間に思い出す。あの事故の、本人たちにとってはハッピーエンドに違いない、しかし不可解な結末を。

「聞いたことはありますよ。都市伝説ですよね」

平静を装い、そう答えた。

「確か、記憶を消してくれる怪人の話だったかな」

「そうです。ご存知なんですね。思っていたより、有名な話なんでしょうか」

契約書に押印した印鑑を備え付けの印鑑拭《ふ》きで拭《ぬぐ》い、ケースにしまいながら、美月は世間話のような調子で言った。いや、実際に、世間話のつもりなのかもしれない。大して意味はなく、「面白い話を聞いたんですよ」という程度のつもりで振った話題なのかも――だから高原も、気負わないふりで、さらりととぼけた答えを返した。

「どうでしょう。仕事でちょっとかかわった人から聞いたくらいなので、あまり詳しくないんですが、女子高生の間で流行《はや》っている怪談みたいなものなのかなと思っていました」

「誰かが実際に会ったとか、聞いたとか、そういうお話をお聞きになったことはないですか？」

「いえ、そこまでは。私も、噂話として、知っているかと訊《き》かれただけですよ。その人とも、もう疎遠になってしまって……緑のベンチがどうとか言っていたような気はしますが」

「ああ。はい、それは私も知っています」

記憶屋を探していた少女がいて、彼女の記憶は実際に消えてしまった。本当に消えたのかどうか、確認のしようがないが、彼女の前後の行動を見るに、そうとしか考えられない。などということは、もちろん言えない。

解任されたとはいえ、いずみはかつての依頼者で、その情報を他人に明かすわけにはいかなかった。

仮に守秘義務の問題がなかったとしても、記憶屋などという得体のしれないものにつながる情報を、依頼者に教えることには抵抗がある。

どうせ絵空事なのだから神経質になることもない、と思う気持ちもあるが、その一方で、万が一、という思いもあった。

啓子と最後に電話で話をしてから数か月、瀬川いずみとは、あれきり会っていない。だから、今さら連絡して、記憶屋について教えてもらうわけにもいかない。

いや、そもそも、彼女は高原のことを覚えていないのだ。

「そうですよね。噂話ですものね」

もともと大して期待していなかったのだろう、さして残念そうでもなく、美月はそう言って、印鑑ケースと、クリアファイルに挟んだ契約書の控えをバッグにしまう。

「記憶屋に、興味があるんですか？」

からかっていると思われないよう、しかし深刻にはなりすぎないよう、気をつけて尋ねた。

面白い話だと思って、とか、都市伝説が好きで、とか、いくらでもごまかしようは

あったはずだが、

「はい。探しています」

美月ははっきりとそう答える。

どきりとした。

もしかしたら、高原がいずみの例を知っていたように、美月も、記憶屋に会ったと思われる実例を知っているのかもしれない。

彼女は、記憶屋を、実在するものとして話している。

そして、会ったばかりの弁護士にまで情報を求めるほど、真剣に探している。

「今回の交通事故で、車に乗るのが怖くなったとか、そういうことでしょうか。記憶を消したいほどの恐怖が残って、生活に支障が出ているとか……それなら、心療内科で診断書を書いてもらえれば、その分も相手方保険会社に請求しますが」

美月は、二か月前にタクシーに乗っていて、交通事故に遭った。

過失の割合はタクシーが二割、もう一方が八割といったところだが、美月は後部座席に座っていただけなので、完全な被害者だ。タクシー運転手の怪我や自動車の損傷については、タクシー会社が事故の相手方と損害賠償の交渉をしているらしいが、美月自身も頸椎捻挫《けいついねんざ》の傷害を負い、現在整形外科に通って治療を受けている。

幸い、順調に回復しており、後遺症も残らなそうだと聞いていたから、トラウマを植え付けられるような事故ではなかったのだと思っていたが、恐怖の感じ方は人それぞれだ。プロに運転を任せ、安心して後部座席にいたところに突然事故に遭って怪我をしたのだから、この事故のせいで彼女がタクシー恐怖症になってしまったとしても、おかしくはない。いずみと違って、美月はまさに衝突された車両に乗っていた被害者なのだから、精神的な損傷についても損害として認められる余地がある。

しかし美月は、肩までのまっすぐな髪を揺らし首を横に振った。

「いえ、そういうわけではないんです」

それでは、どうして？　とは、訊けなかった。今回の事故に関係してのことでないなら、高原は部外者だ。

消したい記憶があるんですかと訊くことは、過去にどんな辛《つら》いことがあったのですかと尋ねることと同義だ。あまりにプライバシーに踏み込んだ質問だった。

「突然変なことを訊いて、すみません。弁護士さんなら、いろんな人とかかわって、いろんな話を聞いていらっしゃるだろうと思って――忘れてください」

美月は面談室の壁にたてかけてあった杖《つえ》を手に取り、立ち上がる。

彼女は十年近く前にも事故に遭ったことがあり、それ以来足が不自由なのだそうだ。

そのときに大変な思いをしたから、今度は最初から最後まで示談交渉を弁護士に任せたいということなのだろうが、美月は事故について語るときも冷静で、代理人など不要なくらい、しっかりしているように見えた。

もともと高原に相談の電話をかけてきたのは美月本人ではなく、彼女の夫だった。家族のほうが事故に遭った本人よりも過敏になって、必要以上に気を遣ってしまうということは珍しくない。

もっとも、たとえ本人が自分で交渉できるくらい気丈でも、弁護士が間に立ったほうが損害賠償額が上がることは間違いない。そういう意味では、彼女の夫の行動は正解だ。

美月自身にも、依頼して正解だったと思ってもらえるようにと、高原は丁寧に損害賠償請求の流れについて彼女に説明し、彼女は時々的確な質問を挟みながらそれを聞いた。

だいたいのことを話し終え、「以前にも交通事故に遭われた経験があるなら、もうご存知のことだったかもしれませんが」と高原が言うと、美月は頭《かぶり》を振り、

「もう昔のことですし、あのときは、それどころではなかったので――保険会社とどういう話をしたかは、ほとんど覚えていないんです」

と言った。

事件や事故の被害者が、ショックのあまり当時のことを思い出せない、という話はときどき聞く。よほどひどい事故だったのだろう。歩行に影響が出るほどの後遺症が

残るような、大きな事故だったのなら、不思議ではない。

相談者に法律的な手続きの説明をするときは、専門用語を避けてできるだけ平易な言葉を使うようにしているが、それを考慮しても美月は飲み込みが早く、説明も、契約手続きもスムーズだった。面談は予想していたよりも早く終わった。

「休業損害証明書については、職場に出して、書いてもらいます。あとは、治療の経過をみてご連絡すればいいですか」

「はい。通院交通費についてもまとめて請求しますので、記録を残しておいてくださいね」

「わかりました」

高原が先に立って面談室のドアを開けると、美月は会釈をして高原の前を横切った。

エレベーターの前まで送ろうと一緒に歩き出す。

玄関から外廊下に出ると、壁にもたれて男性が立っているのが見えた。

すぐにこちらに気づいて、彼はぺこりと高原に向かって会釈する。

「ずっとここにいたの？　カフェとかで待っててくれたらよかったのに」

高原より美月が先に声をかけた。

「いや、どれくらい時間がかかるかわからなかったし……」

「ずいぶん待ったんじゃない？」

「そうでもないよ」

二言三言、言葉を交わしてから、美月は高原に向き直り、「夫です」と紹介する。

男は、改めて頭を下げ、名乗った。

「片山《かたやま》です」

苗字《みようじ》が違うのは、彼らが入籍していないからだ。内縁関係であることは聞いていた。

「お電話でお話ししました、弁護士の高原です」

「お世話になります」

妻が交通事故にあったので示談交渉を依頼したいと、彼が事務所に電話をかけてきたときに、一度話している。

そのとき、依頼の意思確認も説明も、本人と直接会ってする必要があると伝え、来所の予約をとってもらった。

美月が一人で事務所に現れたとき、夫は同席しないのかと意外に思ったのだが、やはりついてきていたらしい。

足が不自由な妻を気遣うように、彼は美月が杖を持っていない右側に立ち、当然のように彼女のバッグを持った。心配そうな片山に、大丈夫よ、と美月が微笑む。

仲のよさそうな夫婦だ。きっとこれから、高原との面談の結果を報告するのだろう。

高原は二人がエレベーターに乗り込むまで見送り、事務所へと戻った。

外村が、美月に出したコーヒーのカップを片づけてくれていた。

美月は忘れてくれと言ったが、やはり気になって、彼女が帰った後、高原は数か月ぶりに、都市伝説サイトを覗《のぞ》いてみた。彼女が本気で記憶屋を探しているのなら、きっとこのサイトにアクセスしているはずだと思った。

見る限り、記憶屋に関する記事自体は更新されていないようだ。そうそう新しい情報が追加されるようなものではないから、それは当たり前だろう。

掲示板のほうには、いくつか書き込みが増えていた。数か月分でもそれほど多くはなく、すぐに辿《たど》れる程度の量だから、掲示板自体が盛り上がっているとは言い難い。

その中で、記憶屋に対する書き込みはさらに一握りだ。

しかし、その数少ない書き込みの中に、美月が書いたと思われるものを見つけた。

美月：『消していただきたい記憶があります。話を聞いていただけないでしょうか。記憶屋さんがもしここを見ていらしたら、連絡をください』

予想はしていたので、驚きはしなかった。やはり、と思った。

探していると言っていたのは、冗談ではなかったのだ。

リンクの貼られたメールアドレスは、使い捨てできるフリーのものではなく、スマートフォンに紐《ひも》づけされた、簡単に個人にたどり着くことのできるアドレスだ。

冷やかしではない、と記憶屋にアピールする意図があるのだろうが、こんなところに個人情報を晒《さら》したら、迷惑メールが山ほど来るのではないだろうか。

物好きのマニアしか見ていないような掲示板だから、そういう悪戯《いたずら》は案外少ないのかもしれない。それでも、美月がそれなりの覚悟を持って記憶屋を探しているということは伝わった。

彼女は興味本位や冷やかしではなく、個人情報を人目に晒すリスクをとってでも、記憶屋に会いたいと願っているということだ。

記憶屋の存在を信じて探している人間に会ったのは、この数か月の間で、いずみに続いて二人目だ。

偶然にしては、ちょっと頻度が高すぎる気がする。

テレビやインターネットを見る限り、話題になっている様子はないから、それだけ流行《はや》っているということだ、とは言えない。たまたま高原の近くにマイナーな都市伝説に興味を持った人間が二人いたという可能性もあるが、そうでなければ、地域的なものかもしれない。

サイトにも、関東の一部地域を中心に語られている都市伝説のようだと書いてあった。

たとえばこの界隈《かいわい》に記憶屋の噂の発生源があって、いずみや美月がそこから記憶屋の情報を得たのだとしたら、情報源に近いところで弁護士業を営んでいる高原が、記憶屋を探している二人と出会う確率は相当程度高くなる。

いずみは一年もの間外出できなかったのだから、事故に遭う前に噂を聞いていたか、もしくは、メールやＳＮＳを通じて誰かに教えてもらったかだろう。

だとすると、今度は、噂の発生源が気になった。この近辺でだけ特に記憶屋の噂が流行っているのなら、そこには理由があるはずだ。

この地域で、過去、実際に、元となった出来事があったのかもしれない。民話や伝承から都市伝説ができるというのは、ありそうな話だ。そうでなければ……

(たとえば、記憶屋の行動範囲が、このエリア一帯……とか)

頭を振った。

どうかしている。

それは、記憶屋が実在し、かつ、アクティブな状況であるということを前提とした仮説だ。

都市伝説の、つまりは作り話の怪人について、こんな分析をしても意味はない。

問題は、依頼人である入江美月が、そんなものを真剣に探しているということ、そういう心理状態であるということだ。

今回の依頼内容に直接関係のないことなら、高原が気にすることではない。しかし、気になった。普段は依頼人のプライバシーには踏み込まないようにしている、自分らしくもなく。

いずみの例を考えると、美月にも、過去の何らかの出来事に根差すトラウマがあるということだろうか。

恥ずかしい失敗や嫌な思い出など、程度の大小を問わなければ、忘れたい記憶の一つや二つ、誰にでもあるだろう。しかし、実在するかどうかわからない——およそ、実在するとは思えない——都市伝説の怪人を頼らずにいられないというのは、よほどのことだ。

そうまでして忘れたい記憶というのは、いったい何だろう。

何気なく画面をスクロールして、高原はマウスを操作していた手を止める。

(あれ)

いずみの書き込みが消えている。

見落としだろうかと、一年以上前の書き込みまでさかのぼって確認してみたが、やはり、見つからなかった。

I.Sという名前での書き込みは複数あったはずだが、一つもない。
　ログのナンバーを辿ってみると、いくつか番号が飛んでいるものがあった。削除された書き込みがあるということだ。誰でも他人の書き込みを消せるわけではないから、管理者が消したのでなければ、いずみ自身が消したということだろう。

　記憶屋を探す必要がなくなったから消したのか、恥ずかしくなって消したのか――別におかしいことではないはずなのに、何故か少し、落ち着かないような気持ちになる。

　都市伝説サイトには、記憶屋に会うと、記憶屋に関する記憶が消され、自分が記憶屋を探していたことも忘れてしまうと書いてあった。それが正しい情報だとしたら――そして、いずみの記憶が消えたのが演技じゃないのなら、彼女が書き込みを消したのは、記憶が消える前ということになる。

　つまり彼女は、自分の記憶が消えることを知っていたということになるのではないか。

　寒気を感じ、慌てて不穏な想像を振り払った。

　考えすぎだ。たまたま奇跡が起きたタイミングが、いずみが記憶屋探しをあきらめて、あるいは我に返って、書き込みを消した後だったというだけのことだ。きっと。偶然だ。

それに、いずみの件は解決済だ。もう依頼人ではなくなった彼女のことより、今は、美月だ。

頭を振って、切り替える。

美月は一見、問題なく生活しているように見えた。事故の記憶のせいで家から出ることもできなかったいずみとは違う。

彼女は、何を忘れたい？……弁護士が踏み込むことではない。

気にしても仕方がない、そうわかってはいたが、それ以来高原は公園の前を通る度、緑色のベンチを気にするようになった。

＊　＊　＊

延ばし延ばしになっていた検査を終え、病院を出た。

エントランスの前の広い空間に設置された花壇と、ベンチに目をやる。

ペンキの色は茶色だ。

確認するのが、癖のようになっている。

事務所へ戻るため、タクシー乗り場を探していると、後ろから声をかけられた。

「高原先生」

振り向くと、入江美月が立っている。

「入江さん。こんにちは」

そういえば、美月が通っていた整形外科はこの病院の別棟だ。

幸い、彼女の頸椎捻挫《けいついねんざ》はきれいに治り、後遺障害も残らなかった。通院治療を終了することになったと、先週電話で連絡を受けたばかりだ。治療費は全額保険会社から支払われ、これから、慰謝料の金額について交渉することになる。

今日は保険会社に提出するための書類を取りに来たのだと、美月は笑顔で言った。

「先生はお仕事ですか？」

「そんなところです」

美月が取得した書類は、保険会社に提出するために高原が依頼したものだ。

「この後、お届けに伺おうと思っていたんです」と言う彼女に、タイミングがよかったですねと笑って、この場で受け取る。

病院の名前入りの封筒ごと鞄《かばん》にしまい、「それでは」と高原が口を開きかけたとき、

「ここのベンチはダメですね。色が違います」

美月が言った。

はっとして彼女を見る。

美月は、茶色く塗られた病院のベンチから高原へ視線を移し、にこりと笑った。

彼女のほうからこの話題を振ってくるとは思っていなかった。

素直に考えれば、記憶屋を必要としているような人間は、記憶屋を探していることを、人に知られまいとするものではないのか。中には、都市伝説の怪人などを信じているのかと馬鹿にする人間だっているはずだし、本人としては、消したいような記憶があることを他人に知られたくないと思うのが一般的だろう。少なくとも、わざわざ他人に吹聴《ふいちょう》する必要はない。

まして、高原は以前記憶屋について訊《き》かれたとき、噂程度にしか知らないと答えているのに。

「まだ、探しているんですね」

「はい。会えるまで探します」

試しに訊いてみると、まっすぐ前を見てそんな風に答える。それで確信した。

やはり美月は、高原と、記憶屋の話をしたがっている。

高原が、座りましょうか、と茶色のベンチを示すと、彼女は素直に応じた。

「本名やメールアドレスをああいう掲示板に書いてしまうのは、不用心ではないですか。迷惑メールは受信拒否すればいいとしても、アドレスから、知り合いにあなたが記憶屋を探していると知られてしまうかもしれないでしょう」

距離感を探る必要はなさそうだったので、直球を投げてみる。

美月は、ご覧になったんですね、と微笑むだけで、動揺した様子もない。

「いいんです。美月なんて名前はどこにでもありますし、メールアドレスだって、知っている人はほとんどいないので、あのアドレスから私が記憶屋を探していると知人に気づかれる可能性は、とても低いと思います」

そもそも、あんな掲示板を見ているのは噂好きの中高生か、よほどの物好きだけですよ、などと、彼女は自分のことを棚に上げて言った。

「どうして記憶屋を探しているのか、訊いていいですか」

さらに直球。やはり、彼女は動じない。

「もちろん、消したい記憶があるからです」

迷いなく、高原の目を見て言った。

「たった一つの記憶が、呪いみたいに、自分の未来を邪魔しているとき、その記憶さえ消してしまえればと考えるのは、自然なことでしょう？」

高原が言葉をなくしていると、彼女はすっと視線を正面へ向ける。

彼女と目が合わなくなって、ひそかにほっとした。たとえ彼女自身が平気でも、他人の消したいほどつらい過去について、最後まで目を逸《そ》らさずに聞く自信はなかった。仕事ならば割り切るが、おそらく関係のない話だ。

「十年前、私は事故に遭いました。免許をとったばかりだった私が運転して、助手席には、姉が乗っていました。一緒に出掛けた帰りだったんです」

美月は、事務所で契約手続きをした時と同じように淡々と、感情を入れずに話し始める。

「横道から車が飛び出してきて、衝突しました。私たちの乗った車は、相手の車と電信柱の間に挟まれる形になって、姉は即死でした。私も長い間入院して、足には障害が残りました。相手の車の運転手は、お酒を飲んでいたそうです」

ひどい事故だ。

とっさに、かける言葉が見つからない。

事務所で面談をしたとき、十年前の事故の際の損害賠償請求の経緯についてはあまり覚えていないと言っていたのは、彼女自身は治療に専念していたからだろう。損害賠償の手続きなど、本人にできる状況ではなかったはずだ。

「事故の後、私たち家族は、めちゃくちゃになりました。姉の死と、私に残った障害と、私が姉を誘って外出した帰りの、私が運転する車での事故であったことと。加害者側との訴訟と……楽しい話ではないので、詳細は省きますが」

高原は無言で頷《うなず》く。

想像はついた。

大事な人を失うと、人は時に、心のバランスを失う。失われたぶん、世界が変わってしまったことを認められなくて、自分が変わらず在ることに罪悪感を持ち、変わらないものに憎しみを抱くようにさえなる。

被害者であるはずの美月に、家族の矛先が向いてしまうことがあったとしても、高原は驚かなかった。

もちろん、それは一時の感情で、美月もそれは理解しているだろう。それでも、それがどれほど彼女を傷つけたか。姉を失い、片足の自由を失い、そのうえ、それらについて家族に責められてしまったら——その記憶は、事故の記憶の上に追い打ちをかけるように、彼女を深く抉《えぐ》ったに違いない。そして、一番つらいときに、ほかならぬ家族に傷つけられたという事実は消えない。とりかえしがつかない。

彼女は十年前の事故で、家族を失ったのだ。姉だけでなく。

「私はぼろぼろでしたけど、治療中に、片山と出会って……身体の怪我が癒《い》えていくのと一緒に少しずつ、少しずつ立ち直りました。私が今こうしていられるのは、片山のおかげです。でも……もちろん、両親には言えませんでした」

美月は左手に持った杖《つえ》を斜めにしてベンチに立てかけ、撫《な》でるようにしながら目を伏せる。

「姉はもう恋なんてできないのに、私だけ幸せになんて。きっとそう言われると思ったから」

悲しそうではなかった。単に、愉快ではない記憶を思い出しているだけといった風だ。

「最初は私自身も、罪悪感があったんです。両親に対してではありません。姉に対して、悪いことをしていると……でも今は、そう思ってはいません。いない、つもりです。少なくとも頭では理解しています。姉ならきっと、私たちを祝福してくれるはずだって。そうでなくたって、私は、前へ進まなきゃいけないんだって」

美月は、ゆっくりと、しかし澱《よど》みなく続ける。

同じものを探していても、いずみとは大分違う。

十年という時間のせいか、彼女自身の強さのせいかはわからないが、美月は呪わしい過去に怯《おび》えているというより、ただそれを疎ましく思っているようだった。切り捨てたいと思っているのだ。

耐えられないからではなく、おそらく、よりよい未来のために。——片山との。

「片山と相談して、私たち、誰にも言わずに住んでいた町を出ました。古風な言い方をすれば、駆け落ちです。仕事もやめて、貯金を全部下ろして、身の回りのものだけを持って。誰も知らない場所に来て、二人で暮らし始めたんです」

「そうだったんですか」

美月を迎えに来たときの、片山の様子を思い出す。大切にしているのが、一目でわかった。

そうか、彼らはお互い以外のすべてを捨てて、二人きりで逃げてきたのか。

「私たちは、過去を捨てました。私は、彼と一緒に人生を歩んでいきたい。彼も同じ気持ちのはずです。それなのに、もう捨てたはずの過去の記憶が、足を引っ張るんです」

美月は、ほんのわずか眉《まゆ》を寄せて言う。

「お互いを大事に想っていて、これから先も一緒にいたいのに、その過去があるせいで踏み出せないとしたら……邪魔をする記憶を忘れることができたら、と願うのは、自然なことでしょう？」

忘れたくても忘れない記憶に苦しんで、悩んでいる——というよりは、苛立《いらだ》ちを抑えているような表情だった。

それは、頭で理解していても心がついていかない、自分で自分をコントロールできないことに対する怒りだろうか。

「記憶を消しても、過去がなくなるわけではありません」

「わかっています。でも、あとは記憶だけなんです」美月は言う。

高原の月並みな言葉にも反発することなく、

「過去を捨てたくて、昔の自分を知っている人がいないところまで逃げてきたのに…

…自分の記憶からは逃げられないんです。全部捨てて、後は自分の中にある記憶だけなのに、それが邪魔をして、幸せになれない」

だから、消してほしいんです。

そう言った彼女の目は冷たく、声は静かだった。

彼女ほど強い意志を持った人でも、自分の記憶には抗《あらが》えないのか。そう思い、高原は恐ろしくなる。

家族や友人と関係を断って、自分を責める者が誰もいなくなっても、彼女自身の記憶が彼女の邪魔をする。

たった一人を選んで、すべてを捨てて逃げるだけの強さがあったのに、それでも捨てられない記憶——それは、姉に対する罪の意識だろうか。美月が悪いわけではないと、誰に遠慮することもないと、彼女自身がわかっていないはずもないのに。

わかっていても、どうしようもないのだ。だから、消すしかない。

「馬鹿みたいだと思いますか?」

「いえ」

高原は首を横に振る。本心だった。

「あなたは未来を見ていて、幸せになるために、できることをしようとしている。どれだけ片山さんとの未来を大事にしているか、伝わってきます。馬鹿みたいだとは思いません」

　カウンセリングを受けたり、新しい記憶を積み重ねたりして、嫌な記憶は薄れていったり、折り合いをつけられるようになったりするものだ。高校生のいずみならともかく、美月が、そういう現実的な手段を試すことなく、一足飛びに都市伝説の怪人探しを始めたとは思えない。

　おそらく、試せることは試した後の、最後の希望が記憶屋なのだ。

　だから、それを馬鹿にすることはできなかった。

　ただ悲しいと思った。

　架空の希望に縋《すが》らなければいけないほどに消したい記憶は、これから先も、彼女たちを呪い続けるのだろう。

　その記憶がある限り、彼女は――彼女たちは、止まったままなのだ。

「どうして私に、そんな話を？」

　一番の疑問を高原が口に出すと、美月はふっと笑い、

「先生、私が記憶屋について訊《き》いたとき、真面目に聞いてくださったでしょう」

　そんなことを言った。

「最初は、優しい人だからかなと思ったんです。弁護士さんとして、相談者の言うことは、何でも受けとめるようにしているのかなって。でも、違うなって、話している

うちに気づきました。私に気を遣って話を合わせてくれているというより、余計なことを言わないようにしているみたいだって」

鋭い。

仕事柄ポーカーフェイスは得意だと思っていたのだが、彼女のほうが上手だったようだ。

高原は苦笑するしかない。

彼女がそうなってしまった理由を考えると胸が痛むが、弁護士が、依頼人に表情を読まれていたというのは複雑な気分だった。

「それで、もしかしてと思ったんです。先生、記憶屋のこと、何かご存知なんじゃないですか。私のほかに、記憶屋を探している人がいたとか、記憶が消えた人を知っているとか」

笑わずに聞いてくれたから嬉《うれ》しくて、とか、誠実さを感じたから、というわけではなく、冷静な観察に基づく計算の結果ということらしい。

高原から自分に役立つ情報を引き出せるかもしれないと判断して、あえて自分から手の内を明かしたのだ。そして、美月の観察は正確だった。

しかし、高原にも立場がある。彼女の求めるものを与えてやることはできない。

「ご期待に沿えず、申し訳ないですが……」

「言えませんよね。大丈夫です。無理やり聞き出そうなんて思っていません」

皆まで言わずともわかっているとばかりに、美月はにこりと笑った。そして、杖についた、腕を固定するための輪にするりと左手を通し、バーを握って立ち上がる。慣れた仕草だった。

「でも、先生が前例をご存知なんだとしたら……記憶屋は実在して、しかも、先生やその周りの人たちがアクセスできる状況だということになります。私にも、チャンスがあるということですから」

高原も立ちあがる。

杖を鳴らして一歩進んでから、美月は高原を振り返り、

「何かご存知なら、私の側の事情を詳しく話したほうが教えてもらえるかも、と思ったのも本当ですけど……もしかしたら、私、誰かに話したかったのかもしれません。私には、相談できる友人も家族もいないので」

片山以外、全部捨ててしまいましたから――と笑顔で言った。

笑っているのは、後悔はしていないのだと示すためだ。彼女が全く迷っていないこと、他人の言葉など求めていないことがわかった。

他人にどう思われようと関係がないから、高原にも話せたのだろう。

それでも、誰かに話したいと彼女が思った、そのことに、彼女自身も気づいていな

いような理由があるかもしれない——それなら、求められていなくても、自分は今、意見を言うべきだ。

高原は、美月を正面から見て、口を開く。

「片山さんと……話をしたほうがいいんじゃないでしょうか」

彼女は、相談できる人がいないと言った。ということはつまり、片山には知られたくないということだ。

それをわかっていて、高原は、あえてそう言った。

常識的で、月並みな助言だ。美月が聞くはずはないとわかっていたが、それでも、言った。

架空の怪人を探すより、愛する人と話をしたほうが健全で、建設的だ。ごくごく小さな一歩にしかならないとしても、積み重ねていけばいつか、行きたい場所へ行けるかもしれない。

都市伝説の怪人に記憶を消してもらうことを願うよりは、意味のあることに思えた。

高原自身も無駄だと思いながらの言葉だったのが、美月にも伝わったらしい。

彼女は、怒りはしなかったし、うるさそうにもしなかったが、ゆるゆると首を振った。

「あの人は私よりずっと繊細で優しいから、苦しませたくないんです」

高原は、やはり彼女の決意が動かないことを悟る。

片山と二人でいるために、彼女は一人で決断したのだ。忘れることを。そのために、見つかるはずもないものを探すことを。

そして、これからも探し続ける。

「これから、緑色のベンチに座りに行くんですか」

何を言っても無駄だ。好きなようにさせるしかない。

咎《とが》めるつもりはなかったが、やはりどうしても悲しく思えて、思わず言った。

美月は答えなかったが、微笑んで首をかしげる。

存在しないものでも、救いを探す行為自体が彼女の支えになり、これから先の人生を歩む助けになるのなら、無駄ではないのかもしれない。そうしているうちに、いつのまにか痛みが薄れて、彼女が自分に、幸せになることを許せる日がくるかもしれない。

あるいは、いずみに起きたような奇跡が、美月にも起きるかもしれない。

いずれにしても、高原には関係のないことだった。高原は依頼の件が終われば、もう彼女とかかわることもない。

「……依頼人の秘密は、守ります」

それだけは伝えた。

美月は微笑んで会釈し、小さく杖《つえ》を鳴らして歩いて行った。

＊　＊　＊

「ねー先生、冷凍庫空いてる？　アイス入るかなあ」

ハーフパイントのアイスクリームを入れた袋を提げて事務所に現れた七海《ななみ》は、挨拶《あいさつ》もそこそこにキッチンへ直行した。

キッチンの主であるはずの外村は嫌な顔もせず、礼を言って袋を受け取っている。どこかからの贈答品をばらして持ち込んだらしく、袋には薄手の梱包《こんぽう》材に包まれたドライアイスも一緒に入っていた。梱包材には、店のロゴが入っている。

「先生、チョコミント味平気？」

「俺は食べるけど、トノちゃんが苦手だよねチョコミント」

「そうなんだ、二種類持ってきてよかった。じゃあ外村さんはこっち食べてね、モカフレーバー」

顧問先の社長の娘である七海は、社会勉強と行儀見習いのため、と称して、二か月ほど前から、頻繁に事務所へ遊びに来るようになっていた。

以前は登校拒否をして親を心配させていたが、今は特に問題もなく高校に通っているようだ。本人に確認したわけではないが、制服姿で訪ねてくるから、通っているのだろうと思っている。

社長の自宅で初めて会ったときは、顔色が悪く、高原に対しても警戒心むき出しの目を向けてきたものだが、何やらなつかれてしまった。父親の安藤社長は、「先生に叱ってもらって目が覚めたようです」などと言っていたが、高原には彼女を叱った覚えなどない。ほんの一言二言、言葉を交わしただけなのだが、それがたまたま七海のどこかに響いたのだろうか。今の彼女は、初対面の時とは別人のように明るい表情をしている。

人見知りも物怖《ものお》じもしない、これが本来の七海の性格なのか、それともここにいるときは躁《そう》になっているだけなのかはわからない。彼女の父親が「すっかり元気になって」と言っていたから、普段もこの調子なのかもしれない。

いつのまにか外村とも打ち解けていて、高原が仕事で外に出ているときなど、二人でお茶を飲みながら待っていることもあった。

高原はキッチンの入り口にもたれて立ち、外村を手伝って戸棚から器やスプーンを出している七海を眺める。

わざわざ自宅からアイスクリームスクープまで持参したらしい。ちょっと溶け始めたくらいのほうがおいしいから、食べごろかも、などと言いながら、七海は危なっかしい手つきでアイスクリームを器に盛りつけている。

七海がどうして学校に行かなくなったのか、その理由を高原は知らない。何かきっかけがあったのかどうかすら、聞いていない。もしかしたら、原因らしい原因はなかったのかもしれない。

はっきりとした原因があれば、それを取り除くことで解決できる余地がある。

しかし、理由もなく、ある日突然、世界が違って見えてしまうこともある。

風邪をひいたときの喉《のど》の痛みのように、小さな違和感から始まって、気がついたら一歩も動けなくなってしまっているということもあるのだ。

人間の心というものはそれだけ不思議で、ときどき、脆《もろ》い。

閉じこもってしまった原因が何であれ、そして立ち直った原因が何であれ、七海が今こうして元気にしていられるのは幸運だった。

せっかく世界を取り戻したのなら、法律事務所になんか入り浸っていないで、同年代の子たちと遊べばいいのにとは思うが、年の離れた相手のほうがかえって気楽ということもあるだろう。女子高生の流行についてなど話しているのを聞く限り、友達がいないわけでもないようだし——ここでこうしていることで、少しずつ回復し、強度を増している途中なら、今は見守るべきなのだろう、と思っている。

いずみも七海も、絶望していたのが嘘のように、外の世界で生きている。

美月も、都市伝説の怪人には出会えなくても、何かのきっかけで変われるといい。彼女の抱える問題の根深さを考えると、そう簡単にはいかないだろうが。

アイスクリームをすくった拍子に七海のブラウスの袖《そで》がずれあがって、手首の傷跡がのぞいた。

高原が目を逸《そ》らすのとほぼ同時に、七海が「できた」と声をあげ、スクープを置く。

「あっちのソファで食べよ。今日はお客さん来ないでしょ？」

「今日はね。仕事がないわけじゃないからね、言っておくけど」

七海が笑いながら三人分の器をトレイにのせて運び、外村が紅茶のポットとカップを別のトレイにのせて後に続いた。

高原も、二人とともに居間のテーブルへと移動する。

「そういえば先生、保険会社からＦＡＸが届いていました」

「あ、トレイに入れてくれてたね。まだ見てないけど、後で確認する。ありがとう」

ここ数日、頭痛や眩暈《めまい》はおさまっている。

外村はともかく、七海の前で倒れでもしたら大騒ぎになるだろう。いい加減、真面目に治療を受けなくては。場合によっては仕事の量をセーブすることも考えたほうがいいかもしれない。

チョコミントアイス味のスプーンをくわえながら、頭の隅で考える。

（ああ、検査結果、聞きにいかないと）

そのときはまだ、他人事《ひとごと》のように思っていた。

＊　＊　＊

病院へ検査結果を聞きに行ったとき、家族の有無を尋ねられたので、その時点で予感はあった。

完全な不意打ちではなかったぶん、衝撃は緩和されていたが、それでも、告げられた現実は重く、残酷だった。

脳腫瘍《のうしゅよう》。手術は難しい。進行を抑えることはできるが、おそらく、治らない。

精密検査の結果の報告はそのまま、残り時間の宣告へと続いた。

病院を出て、一人になれる場所を探した。

今日はこの後、人と会う予定を入れていなくてよかった。さすがに、頭が働かない。

事務所へ戻るのも、落ち着いてからにしなければ。今は、外村に気づかれないように、声や表情を作れる自信がない。

ビジネスホテルの入り口に、「ディユース」の文字を見つけ、自動ドアをくぐった。

何も考えずフロントで金を払い、カードキーを受け取る。

スーツを着てブリーフケース一つを持った格好だったから、疲れ切って仮眠をとりに来た外回りのサラリーマンだとでも思われたのだろう。フロントの女性は妙に優しかった。エレベーターに乗ってから、自分がよほどひどい顔をしていたんだろうと気がついた。

やっぱり、このまま事務所には戻れない。

部屋に入るなりブリーフケースをベッドの上に投げ出して、自分もその横に仰向《あおむ》けになった。

しばらく薄いベージュの天井を眺めた後、目を閉じる。

仕事のことを考えよう。他人の人生を預かる仕事をしているのだ。自分には責任がある。

今後新規の仕事は受けないようにして、今ある仕事をきれいに片付けなければいけない。引継ぎが必要なものは、同期に頼んで引き継いで——仕事のことを考えると、頭が切り替わるのか、冷静になれた。

よかった。なんとかなりそうだ。取り乱して誰かに泣き縋《すが》るなんてことをしてしまったら、これまで自分が積み重ねてきたものが台無しになるところだった。

制限時間内に終わらせなければいけないことをリストアップして、それをこなすことに集中すれば、一番気持ちが乱れそうな時期を乗り越えることができるだろう。仕事の上での自制心には自信がある。自分をコントロールして、きっと、見苦しくないように終わらせることができる。

けれど、だからこそ——今日一日くらいは落ち込んでもいいだろう。

考えても仕方のないことは考えない主義だが、考えなければならないこと——今後のこと、仕事のことも考えず、ただぼうっとしたい。時間は限られているけれど、今だけは。

そう思ったとき、頭に浮かんだのは、外村と七海の顔だった。

弁護士などという仕事をしているくせに、と自分でも思うが、高原は人とかかわることが好きではない。うまくできないわけではないが、本当は、一人のほうが楽だった。

だから、できるだけ、人と、深くかかわらないように生きてきた。

中学生のときに両親が離婚をして、高原は母親と暮らしたが、母親は少し精神的に不安定なところがあり、病院や警察の世話になることもあった。高原は彼女の顔色を窺《うかが》いながらうまく立ち回り、数年をやり過ごした。当時十代だった高原には、家族から逃げるという選択肢はなく、そうするしかなかった。

うまくやれることと、好きであることは別だった。

依存されれば負担に感じ、マイナスの感情をぶつけられれば傷ついた。

このころの経験で、人あしらいはうまくなったが、同時に、自分の内側に壁を作ることを覚えた。他人を壁の内側に入れず、自分も壁の向こうへ踏み出さなければ、互いに傷つくこともない。それが、「うまくやる」コツだ。

父親とは、もう十年以上会っていない。母親は再婚して、落ち着いたようだった。安心して、距離をとった。

たまに電話で話すことはあるが、それももう、年賀状のやりとりよりも低い頻度だ。それでいいと思っている。

どこかで元気にしていてくれるならいい。離れていたほうが、互いを疎まずに、心穏やかにいられる。

人間関係が薄ければ、トラブルというものはそうそう起こらない。弁護士という仕事について、ますますそれを実感した。

苦手な相手とは離れればいい。好きな相手とも、べったり依存関係になると、どちらか一方の気持ちが変わったときに辛《つら》い。

だから、そうならないように気をつけた。放したくない大事なものを、最初から作らないようにしようと思っていた。

いつかは別れが来るのだから。

（と、思っていたんだけどなあ――）

外村を雇ったのは気まぐれだった。

あのころ、確か仕事が立て込んで私生活がおろそかになっていて、さすがにどうにかしなければと思っていたのだった。

ホームクリーニングの外注業者は定期的に入れていたが、掃除や洗濯だけでなく、外食ばかりになっていた食事もなんとかしたかったし、となると、総合的に家事を引き受けてくれる誰かを雇ったほうがいい。そう考えて、募集をかけるまではいかなかったが、誰かいないか、と探していた。

あまりこちらに興味を持たなそうな人間がいい。そう思っていたときに、たまたま行きつけの店で見つけたのが、外村だった。

彼の料理の味が好みだった、というのも、スムーズに仕事をするためのサポートが必要だったのも本当だが、もしかしたらあのころ、自分は淋《さび》しかったのかもしれない。犬を拾うような気軽さで雇い入れてしまった。

仕事の上では、あの選択は大正解だった。

しかし、今思えば——身軽が身上だったはずなのに、わざわざ捨てられないものを抱え込むようなことをしてしまったのは、自分らしくなかった。

数年で、こんな風に、自分の死期を知らされたときに顔が浮かぶような存在になるとは思っていなかったのだ。

自分がいなくなったら、きっと彼は悲しむだろう。

それに、七海。理由もはっきりしないままに引きこもったり、高原の一言で元気になったり、ふとしたことに影響される彼女だ。今は元気にしているが、何かのきっかけでまた調子を崩さないとも限らないから、注意しなければと思っていた。――ある日突然自分がいなくなったら、彼女はどうするだろう。

(俺がいなくなった後、ちゃんと学校に行って、ごはん食べて……生きていけるかな。泣いてもいいけど、しばらくしたら立ち直れるかなあ)

目を閉じたまま、笑顔で事務所を訪ねてくる彼女の、出会った頃の危うさを思った。

もう、彼らと、長くは一緒にいられない。

涙は出なかった。

ただ、途方に暮れていた。

残された時間はそれほど長くない。

その限られた時間の中で、しなければならないことがいくつもある。

そして、その中で一番大事な彼らのために、何をすればいいのかがわからない。

＊　　＊　　＊

病院で告知を受けてから数日後、高原が出先での仕事を終えて自宅兼事務所であるマンションへ戻ると、スマートフォンを見ながら、一階のエントランスの前をうろうろしている男がいた。

依頼人かと思い、車から降りて声をかけると、片山だった。顔を合わせたのは一度だけだったが、向こうも高原を覚えていたらしく、ぺこりと頭を下げられる。

まさか偶然ということはないだろう。約束はしていなかったはずだが、何か急な用事だろうか。

「美月が、先生のところへ資料を渡しに行くと言っていたので、迎えに来たんですが……」

メールの返事がないので、どうしようかと思っていたところだという。

そうでしたか、と片山へ営業用の笑顔を向けながら、高原は考えを巡らせる。

数日前、たまたま病院で会ったときに、損害賠償請求に必要な資料の受け渡しは済んでいた。今日は美月と会ってないし、会う予定もない。

美月が片山に嘘をつく理由に、心当たりは一つしかなかった。

おそらく今頃美月は記憶屋を探して、どこかのベンチに座っているのだ。

「実は、資料はもう受け取ってしまったんです。入れ違いになってしまいましたね。迎えにいらっしゃることは伝えていなかったんですか？」

彼女が記憶屋を探していることは秘密にすると約束したので、嘘のない範囲で情報をぼかしながら伝える。

どこで、いつ、という点は伏せたが、片山はそこには喰《く》いついてこなかった。待っていても美月は出てこない、とわかれば十分だったのだろう。彼は「あ、そうだったんですか」と頭を掻《か》いて苦笑した。

「何も言わずに来たんです。たまたま近くに来たので、時間が合えば一緒に帰ろうかと思っただけで……すみません。メールの返事、待ってから来ればよかった」

「いえいえ。仲がいいんですね」

何気なく言った言葉だったが、片山はそれを聞いて、表情を曇らせる。

おや、と思った。

美月は隠している様子だったが、やはり彼は、何かに気づいているのではないか。

まさか、美月が都市伝説の怪人を探し出して記憶を消してもらおうとしている、とは思っていないだろうが――彼女が過去の記憶にとらわれて、片山との関係に罪悪感を持っていることは、薄々察していたのかもしれない。

それならなおさら、彼らは話し合うべきだ。

互いを想って口に出さずにいるのかもしれないが、二人で幸せになりたいというゴールが共通しているのなら、二人で向き合うしかない。

「うかがってもいいでしょうか。今回の示談交渉には、直接関係のないことかもしれませんが」

おせっかいだとは思うが、一言、美月が悩んでいるようだった、ということくらいは伝えてもいいだろう。そう思って、口を開く。

「何でしょう」

「今回私にお電話でご相談いただいたとき、片山さんは、入江さんは十年前にも交通事故に遭われて、大変な思いをされたから、相手方との交渉をすべて弁護士に任せたい……とおっしゃっていましたね。私は最初、それを、示談交渉で揉《も》めたという意味かと思っていたんですが」

高原が十年前と言った瞬間に、片山の表情が変わった。気づかないふりをして続ける。

「入江さんが、事故の内容を話してくださったんです。ひどい事故だったと……同乗者だったお姉さんが亡くなられたことも。入江さんは、片山さんのおかげで立ち直ることができたとおっしゃっていましたが——」

美月の中には姉を失ったこと、同じ車に乗っていた自分だけが生き残ったこと、姉を忘れて幸せになろうとしていることへの、拭《ぬぐ》い切れない罪悪感がある。

あなたは幸せになっていいし、なるべきなのだと、他人がいくら言っても無駄だ。

彼女だって、頭では理解しているのだ。それでも心がついていかないから、そのどうしようもなさに苛立《いらだ》って、記憶を消す方法を探している。

呪いを解くにはそれしかないと思っている。

だから、彼女が今でも十年前の事故のことを気に病んでいること、それをどうにか忘れようとしていることをそれとなく匂わせて、彼らが話し合うきっかけになればと思った。

それだけだったのだが、

「美月が、そのことを話したんですか」

高原が最後まで言い終わるのを待たず、片山は驚いた顔で言った。

「ええ、でも……残念ながら、私の話術が特別巧みだとか、入江さんが私に心を開いてくださったとか、そういうわけではないと思います。むしろ、ビジネス上のつながりしかないからこそ、話せたんじゃないでしょうか。守秘義務があるので漏れる心配もないですし、今回の事故の示談が済めば、おそらくもう会うこともない関係ですから」

高原がそう言うと、片山は無言になる。確かに、という表情だ。

彼自身にも、思うところがあるのだろう。

この反応を見る限り、どうやら彼は、十年前の事故について詳しいことも知っているようだ。

美月は彼に出会って立ち直ったと言っていたから、彼女自身の口から聞いたのだろうか。

「片山さんは、十年前の事故のこと、よくご存知なんですね。ひどい事故だったそうですから、入江さんも忘れられないようで……それが少し心配だったので、おせっかいだとは思ったのですが、片山さんとお話ができたらと思ったんです」

話を聞いた限り、事故そのものが傷になっているというより、それがきっかけで家族との関係が歪《ゆが》んでしまったことが問題であるような印象を受けた。

家族に責められたことで、彼女自身の中にも、いっそう自分を責める気持ちが生まれた。それは、自分ひとり幸せになることなど許されないという呪縛《じゅばく》になった。

その呪いが、時間が経っても消えないものなら、それを解くには、根源と向き合うしかない。簡単なことではないが、捨てたはずの家族と向き合って、もしも片山との未来を祝福してもらうことができたら、そのときこそ、彼女は幸せになれるはずだった。

しかし美月は、端《はな》からそれを選択肢には入れていないようだ。それができたら、記憶そのものを消そうなどと、無茶なことを考えたりはしないだろう。

家族とわかりあえるならそれが一番だと、彼女だってわかっているに決まっている。

そのために努力もしたはずだ。それでもわかりあえないと思ったからこそ逃げ出したのだ。

高原も逃げ出したことがあるから、気持ちは理解できる。

そんな彼女に、もう一度過去と向き合ってみては、などと、おいそれと提案はできなかったが、それでも、都市伝説の怪人を探すよりはまだ現実的だ。十年たてば人は変わるし、傷も、以前ほどの生々しさはないはずだった。目を背けて関係を断ってうまくいっているのなら、そのまま距離をとっていればいいが、今まさに、過去が原因で、未来へと踏み出せずにいるのなら――限りなく小さな可能性でも、賭《か》けてみるしかないのではないか。片山から話せば、もしかしたら彼女も考えるかもしれない。

交通事故の示談交渉を依頼されただけの弁護士として、あまりに踏み込みすぎだと自覚はある。だから、こうしてはどうかと助言するのではなく、話の流れの中でそれとなく誘導できればと思ったのだが、片山は高原が思った以上に深刻な表情で黙り込んだ。

「その事故のことは……よく知っています」

やがて口を開いた彼は、意を決したように高原を見る。

「先生、俺の話も、聞いていただけますか」

意外な展開に驚いたが、表情に出さないように努めた。

「もちろんかまいませんが、どうして私に？」

「たぶん、美月と同じ理由です。それに、俺は、あまり人とかかわらないようにしてきて、これまで職場でも、深い話や、自分の話はしないようにしていたので……ほかに、話す人もいなくて。俺たちが駆け落ち同然にこの町に来たこと、美月は話しましたか？」

「……ええ、家族からも逃げるように、住んでいた町を出たと聞きました」

片山との関係を咎《とが》められると思った、と美月は言っていた。

片山は頷《うなず》く。

「それには、理由があるんです」

そうして、すべてを淡々と語った美月とは対照的に、顔を歪め、痛みをこらえるように、懺悔《ざんげ》するように、告白した。

「十年前の、美月の事故の相手……俺の弟なんです」

事務所に入って話を、と勧めたのだが、片山は、依頼には関係のない話だからと固辞した。

仕方なく、マンションの前のスペースにあるベンチに並んで座る。

ベンチの色は白だ。住人の憩いの場として作られたウッドデッキが正面にある。本来は、子どもをデッキで遊ばせて、保護者がそれを見守るためのベンチなのだろうが、ウッドデッキで子どもが遊んでいるところなど見たことがなかった。住人以外が近づくことはまずないし、住人もほとんど利用していないスペースだ。

ウッドデッキを挟んだ向こう側には歩道があり、行きかう人が見えるが、この距離なら、誰かに話を聞かれる心配はない。

何より、片山の話は、面談室で聞けば深刻になりすぎ、人の多いところで聞くには個人的すぎる内容だった。

「事故の直前、弟は、俺と飲んでいたんです。あいつは酔っていたのに、俺は、止めずに送り出して……その後で、事故が起きました」

美月と同じように、高原のことは見ず、片山はゆっくりと話した。

「弟は骨折と捻挫《ねんざ》で入院しましたが、命に別状はありませんでした。でも、美月たちのほうが、被害が大きくて……助手席にいた美月のお姉さんは亡くなって、美月も大けがで。治療費とか賠償金とかのことは、保険会社が間に立って、色々してくれましたけど、お金以外のことは、どうしたらいいかわからなくて」

美月のように、感情を排して話すことは難しいようだ。

片山は辛《つら》そうに眉《まゆ》を寄せ、両手の指を組んで、その親指の先を見つめている。

「被害者に謝りに行かなくちゃ、でも、相手は亡くなったのに、どんな顔をして行けばいいのかとか、俺の顔なんか見たくもないんじゃないかとか、色々悩んで……被害者の葬儀の後、入院していた弟のかわりに、親と一緒に謝りに行きましたが、追い返されました。家族を亡くして悲しんでいるところに加害者の家族が現れたんですから、当たり前の反応だったと思います。でも、俺の両親が、美月の家を訪ねたのはそれきりでした。過失割合？　でしたっけ、二台の車の、どっちにどれだけ責任がある、みたいな……それで、何割かは美月のほうにも落ち度があるみたいなことを保険会社に言われて、俺の両親は、拒絶されているのに何度も謝る必要はないだろうと思ったようでした。弟も大けがしたんだからって」

動いている車同士の事故の場合、百対ゼロでどちらか一方が悪いと判断されることはほとんどない。停車中に追突されたような場合は別だが、一方にとってはほとんど避けようのない事故だったとしても、被害者側にも一割程度は責任有りとされるのが通常だ。

だから、被害車両のほう——美月たちの側に一定の過失割合が認められたとしても、それだけで「どちらも悪い」と言えるわけではない。しかし、一人の女性が命を落とした、その責任が、自分だけにあるのではないと思えるのなら——それは免罪符となるものではなくても、加害者にとっては、ある意味、救いになったのかもしれない。

加害者やその家族が、本来の意味以上に、過失割合に意味を見出《みいだ》そうとすることは、行動としては理解はできる。

その一方で、姉を失った事故の責任が美月にもあると認定されたことは――それが賠償額を決めるための、数字としての過失割合に過ぎないとしても――美月にとっては耐え難いことだっただろう。家族との関係においても。

家族との間でどんな話があったのか、美月は多くは語らなかったが、人形のように表情を消して「楽しい話ではない」とだけ言った彼女の横顔が頭に浮かぶ。

「俺は両親には黙って、美月の病院に見舞いに行きました。土下座でも何でもするつもりだったけど、美月は俺にそんなこと求めませんでした。来てくれてありがとうって……怖かったでしょうって、言ったんです。それから、私とあなたは同じなんですって。最初は意味がわからなかったけど、何度か通って色々話すようになって、彼女が家族とぎくしゃくしていることを知りました。被害者遺族と加害者の家族なのに、本当に、俺と彼女の状況は驚くほど似ていたんです。罪の意識に押しつぶされそうで、でも、どうしたらいいかもわからなくて……誰かに、あなたのせいじゃないって言ってほしかったんだと思います。俺たち、二人とも。今思えば、ですけど」

そして、そのときの彼らには、そう言ってくれるのはお互いしかいなかった。

高原に過去の話をしたときとは別人のような笑顔を、美月は片山へ向けていた。高原はそれを思い出した。

「退院してからも会いに行って、リハビリの送り迎えをするようになって……俺と美月は、恋人になりました。でも、家族には言えなかった。事故のことを話題に出しただけで、家族皆が嫌な顔をするんです。その話はやめて、って。美月と交際しているなんて、とても言えませんでした」

高原が黙って頷くと、片山は少し目をあげて高原を見、また視線を前方へ戻して続ける。

「美月は、恋人ができたとだけ、両親に伝えたそうです。そのとき、家族からは、いい反応を得られなかったようで……その恋人が俺だとわかったら、それどころじゃない、祝福してもらえるはずがないと、俺も美月もわかっていました。それで、家族との何度目かの衝突の後、二人で、家を出ることを決めたんです」

「捜索願は……」

「出されていないと思います。好きな人がいる、その人と暮らす、と言って出てきたので、家族も、事故や事件に巻き込まれたわけではないとわかっているはずです。仕事は辞めて、携帯電話もクレジットカードも、個人につながるものは全部解約して、誰からの連絡もつかないようにして……知り合いも誰もいない、縁もゆかりもないこの町へ来て、保証会社を使って部屋を借りて暮らし始めました。苦労がなかったわけじゃありませんが、気持ちは楽でした。誰も俺たちを知らない。誰の目も気にせずに、俺たちは夫婦のように暮らしました」

話しながら、片山は目を細めた。

幸せな日々を思い出している……ようには見えない。その日々は確かに幸せだったのだろうに、まるで罪悪感に耐えるかのように、彼は眉根を寄せていた。

このままでは落ちついて話ができないと思ったのか、一度言葉を切ってうつむいた片山を、高原は黙って待った。

片山はうなだれた姿勢のまま深く息を吸い、ゆっくりと吐いてから顔をあげる。

「一年……もう二年くらい前でしょうか。俺は美月との入籍を考えるようになりました。その前にも何度か、ちらりと考えたことはあったんですが、いつも、今のままでも幸せなんだからいいじゃないかって、そう思うことで打ち消していました。結局は、向き合うのが怖かったんです」

すべてを捨てて逃げる勇気があったのに、入籍することに躊躇《ちゅうちょ》するというのが、高原にはよくわからなかった。しかし、家族を捨てて逃げてきた二人にとって、新しい家族を作ることは、高原が思う以上に、特別なことなのかもしれない。

二人とも望んでいるのに、捨ててきたはずの過去に由来する感情が――美月が呪いと呼んだものが、それを邪魔していた。

片山の目は赤かったが、高原は気づかないふりをした。

「もう実質的には夫婦と同じでしたし、行政や家族に認めてもらわなくたって、お互いがいればそれでいいと思っていましたが……美月がいつも俺を苗字《みょうじ》で呼ぶのを聞くたびに、なんだか……」

「あえて事実婚を選ばれる方は少なくないですよ」

「わかっています。好きでその形を選んでいるのならいいんです。でも、俺たちの場合は違った。どうしても結婚したい理由があったわけじゃないですが、俺は、美月に選択肢も与えてあげられないのがつらくて」

自分より片山のほうが繊細だ、と美月は言ったが、それはあながち間違いでもないようだ。

繊細で生真面目で、責任感がある。それゆえの罪の意識もある。

美月が事故の記憶を消したいと願って、その方法を探していると知ったら、彼はどうするのだろう。

「もともと駆け落ち同然に逃げてきたんですから、親の同意がなければ結婚できないなんて考えていたわけじゃありません。親の反対を押し切って結婚する夫婦だって珍しくもないですし。でも……もしも家族が祝福してくれたら、きっと俺たちは本当の意味で、前へ進めると思いました。本当は、断ち切りたかったのは家族じゃなくて、自分たちの中にある罪悪感や、わだかまりだったけど……家族に認めてもらうことで、それも消せると思ったんです。だから、俺……家族と、話をしてみようと思って」

片山も、前へ進むためには、一度捨てて逃げてきた過去と――家族と向き合うしかないと考えていたらしい。そして、高原に言われるまでもなく、実行に移したのだ。

「まずは自分の両親とけじめをつけるつもりで、美月には秘密で、実家を訪ねました。何の連絡もしないで、こっそり……誰もいなければ、そのまま帰ればいいと思って」

話し合いがうまくいかなかったら、美月には、実家に行ったこと自体を言わなければ済む。うまくいったときだけ美月に伝えて、今度は美月の家族と会うことを相談するつもりだったのだろう。

それが、一、二年前のことだと片山は言った。

今彼がこんな風に辛《つら》そうに話をしていること、そして、美月が記憶屋を探している理由を考えれば、家族との話し合いがどうなったのかは、想像がつく。

――軽々しく、家族と話をしてみてはなどと勧めなくてよかった。

「ご家族と、話はできたんですか」

わかってはいたが先を促すつもりで高原が訊《き》くと、片山は、首を横に振った。

そして、眉《まゆ》を下げて笑顔に似た表情を作り、話し始める。

「日曜日でした。晴れた日で……何年もたつのに、駅からの道はあまり変わっていなくて、懐かしい気持ちが湧いてきて。俺は、根拠もなく、わかってもらえるんじゃないかなんて期待し始めていました。チャイムを押して、まずなんて言おう、と考えながら歩いていくと、数年ぶりの実家が見えてきて……それで、実家の前の駐車場で、弟が、車を洗っているのが見えたんです」

車。

その意味を悟って、高原は思わず片山を見る。

「車は、新車のようでした。弟は機嫌よく、シャワーノズルのついたホースで車の泡を流していた。それを見たら、頭が真っ白になりました」

片山の組んだ両手に、ぎゅっと力が入った。

「美月は今でも足が不自由だし、美月のお姉さんは亡くなった。そのせいで俺と美月は今も夫婦になれないでいるのに、事故を起こした弟は鼻歌を歌いながら新しい車を洗っている……怒りがこみ上げました。おまえは自分のしたことをどう思ってるんだって、怒鳴りつけそうになりましたが、そのときは、怒りにまかせるべきじゃない、頭を冷やそうと、引き返して……でも、家が見えない距離まで戻って、冷静になって、気づいたんです。もう何年もたっているんだから、未来へ向かって進みたい、罪の意識で過去にとらわれていたくないって、そう思っているのは弟も同じだって」

片山は、組んでいた両手をほどき、右手で目を覆った。

高原はマナーとして視線を外し、彼が落ち着くのを待つ。

事故で人を死なせたことは、消えない罪だ。しかし、事故を起こした人間が、一生車を運転してはいけないのか、一生笑ってはいけないのか、となると、それは別の話だった。

二度と酒を飲まない、車を運転しない、という誓いを立てて実行する加害者もいるだろう。しかし、他人がそれを強要できるものではないし、加害者が自主的にそうしなかったことを、責めることもできない。

それを理解していても、被害者側の人間は、心情的に、許せないと思うかもしれない。それは無理もないことだと、高原も思う。

加害者が過去の罪を忘れ、幸せになることに、憤りを感じること。それは、どうしようもない感情だ。たとえ被害者側が許したいと、許すべきだと思ったとしても、それだけで消せる感情ではない。

その、心情的な部分で、片山は、自分も過去の事故を過去のものとして割り切れていないことに気づいてしまった。

弟を許せない。自分の罪も、許されると思えない。

それは、罪を犯した人間は一生罪を引きずって生きろと言っているのと同義だ。もちろん、家族を奪われた被害者たちがそう思うこと自体を責めることはできないが

――しかしそれは、美月の家族が、自分だけが幸せになるなんてと美月を責めたことと変わらない。

片山はそれに気がついて、絶望したのだ。

「程度は違っても、俺と美月が幸せになりたいと思う気持ちは、弟が新しい車を買った気持ちと変わらないんじゃないかって。それに対して俺が怒りを感じたということに、愕然《がくぜん》としました。十年たっても、俺が怒りを忘れていないなら、きっと、美月も、美月の家族も忘れていない。俺の家族や弟は、それを当たり前と受け容《い》れることはできないでしょう。だから、永遠に和解なんてできないんだって」

顔を覆ったまま、片山は言った。

被害者は加害者を許さない。加害者は、許してもらえないことを受け容れて歩み寄ることなど選ばない。

交わらない以外に、方法はないのだ。

結局は、二人で逃げた選択が正しかったということだろうが、家族たちからは離れられても、自分たちの中にあるものからは、逃げようがない。

「家族と話し合って和解するなんて無理だ、俺は美月と二人で生きていくしかない……それがはっきりして、それならそれでいいと思っていたはずでした。でも……俺は、気づいてしまいました。家族の怒りや悲しみからはこれまで通り目を逸《そ》らせばいい。でも、自分たちの中にある罪の意識については、どうしようもありません」

過去は消せない。自分たちを責める人間のいない場所へ来て、声は届かなくなっても——同じものが、彼ら自身の中にもある。

過去が、その記憶が、彼らの中にある限り、前へは進めない。

記憶自体を消すしかないと、美月が思いつめたのは、彼女がそれを、誰よりも理解していたからだ。

「美月さんには、その話は」

「していません。でも、気づいているかもしれません。彼女からは、何も言いませんが」

片山が、彼女の前で、平気な顔をできたとは思えない。

美月が記憶屋を探そうなどと考えるに至ったのも、それがきっかけだったのかもしれない。

「事故の直後から、美月が俺を責めたことは一度もありません。でも俺は、あの事故の責任は自分にもあるとわかっています。一方で美月は今でも、事故のことで責任を感じているし、俺が加害者の兄だということ、その俺と恋人であることに罪悪感を持っています。でも何も言わない。俺は何もできない。俺が加害者の兄だから、俺が俺だから美月は苦しんでいるのに……俺のせいなのに」

「片山さんのせいではないでしょう。入江さんだって、そんなこと思っていません

よ」

せいというより、片山のためだ。

過去を変えることはできないが、自分が忘れてしまえばいい。過去を知っている人間から離れて暮らし、あとは自分だけ——自分さえ事故のことを忘れてしまえば、片山に心配をかけなくて済む、悲しい顔をさせなくて済むと、彼女はそう思ったのだろう。

片山はまたゆるく首を振り、「情けないです」とうなだれた。

「俺がしっかり立って、美月を支えられるくらい強ければ、美月も色々話してくれたかもしれません。でも俺は頼りなくて」

「……そんなこと、ないですよ」

美月は、彼の繊細さを理解している。だから黙っているだけだ。

美月が記憶を消したいと願っているのは、彼女自身が苦しいからだけではないだろう。彼女が苦しんでいるのを知って、片山が、彼女以上に苦しんでいるからだ。

すべては、彼との未来のためだ。

「片山さん、もし、入江さんが——」

事故の記憶を消したいと望んでいるとしたら。

事故で姉を亡くしたことも、運転していたのが自分だということも、それを家族に責められたことも、事故の相手があなたの弟だということも、すべて忘れることができるとしたら――そうすることで、あなたといることに罪悪感を感じなくなるとしたら、あなたもそれを望みますか？

そんなこと、言えるわけがなかった。

そもそも、記憶屋なんて存在しない。いずみは自分で忘れただけだ。

こんな質問は意味がない。それに、美月に、秘密にすると約束した。

「はい？」

「いえ……もし、入江さんがあなたを頼りないと思っていたら、十年も一緒にはいないと思いますよ。そんな風に、彼女のために、自分のことのように胸を痛めているあなただからこそ、入江さんも、なんとかして一緒になりたいと思ったんじゃないでしょうか」

ごまかす形になったが、これも本心だ。

「お互いが大事だからこそ話せずにいることもあると思いますが、やっぱり二人で時間をかけて乗り越えていくしかないと思います。十年は長いですが、十年かけて変わらなかったものでも、これからまた時間を重ねていくうちに、少しずつ変わっていくかもしれません」

「そう、でしょうか」

ええ、きっと、と無責任に頷《うなず》きながら、高原は頭の隅で、別のことを考える。

もしも美月が事故のことを忘れたとしたら、片山は楽になるのだろうか。

彼は、自分を加害者側、美月を被害者側の人間だと思っているようだから、彼女が苦痛から解き放たれたことには安堵《あんど》するかもしれない。しかし、それは最初のうちだけなのではないか。

片山は、美月の記憶が消えたことに安堵してから、今度は、安堵を覚えた自分自身に罪悪感を抱くことになる――そんな気がした。

それに、彼らは加害者の家族と被害者の家族として出会った二人で、互いに惹《ひ》かれたのは、交通事故で傷ついた者同士だったからだ。それだけではないかもしれないが、少なくとも、それがきっかけなのは間違いない。

事故の記憶をなくした美月は、片山と惹かれあった美月と同じ美月なのだろうか。

「――それに、気づいていないだけで、この十年で変わったものもあると思いますよ。完全には乗り越えられなくても、確実に、前には進めているはずです。月並みなことしか言えなくて、申し訳ないですが」

不穏な想像は表に出さず、弁護士らしい言葉をかけた。

十年も思い悩んできたものが、高原の言葉一つで軽くなるとは思えないが、気休めくらいにはなればいい。

片山は視線を足元へ落とし、「そうだといいんですが」と応《こた》えた。前へ進もうと努力することに、疲れてしまったような表情だった。


片山と別れて事務所に入る。

予定より大分遅くなってしまったが、今日はこの後人と会う予定を入れていない。仕事に影響はなかった。

おかえりなさい、と部屋の奥から外村が出てきて迎えてくれる。

「お疲れ様です。遅かったですね」

「うん、たまたまそこで依頼者の家族と会ってね、ちょっと話し込んじゃった」

鞄《かばん》を執務室に置いて、上着を脱ぎ、ソファに背中を預けた。

そういえば昼食を食べ損ねたが、これから食べるには中途半端な時間だ。大して空腹も感じない。

もうこのまま夕食まで待つか、と思っていたら、外村がアイスティーのグラスを持ってきてくれた。

高原がソファの背にかけていた上着をとりあげて、ハンガーにかけてくれる。

ソファにもたれて首を反らし、半ばあおむけの体勢で「ありがとう」と声をかけた。外村がいなかったら、この事務所は三日で荒れ果てるだろう。

彼がいないときはどうしていたのか、もう思い出せない。

「ヨーグルトゼリーを作りました。召し上がりますか？」

「何それ、おいしそうだね」

「ヨーグルト味のゼリーです」

「はは、そのまんまだ」

「さっぱりしますよ」

ガラスの器とスプーン一本をわざわざトレイにのせて、外村が運んでくる。器は、レトロな脚つきのデザインで、高原が去年の夏に買ってきたものだ。プリンアラモードを家で食べたくて買った。生クリームとフルーツの缶詰と市販のプリンを買ってきて外村に渡したが、市販のプリンだと固さが足りず、きれいに器に盛れなかったらしく、結局プリンも外村が蒸して作ってくれた。それ以来、果物を盛ったりアイスを盛ったりと、この器はなかなか活躍している。

外村がいなければ意味のない買い物だった。

いい買い物したなあと、高原はスプーンを手に取りながら思う。器も、外村も。

「今日あたり、安藤さんがいらっしゃるかもしれないと思ったので作ったんですが……

……」

「七海ちゃんは多分今週はテスト週間じゃなかったかな」

ほんと元気になったよねえ、と高原が言うと、外村もそうですねと応えた。

七海が元気になったのは、たまたま、高原が何気なく言ったことが彼女が必要としていた言葉で、それがそのときの彼女にぴったりはまったからで、言ってみれば幸運な巡りあわせの結果だし、いずみに起きたような奇跡が、誰にでも起きるわけではない。

スプーンで口に運ぶと、想像していたよりもゆるい白いゼリーは、口の中で溶けた。なるほどヨーグルトの味だが、触感が違う。

「おいしい」

高原が言うと、よかったです、と外村は目元の表情を和らげた。

疲れて帰ってきたときに、誰かが迎えてくれるというのはいいものだ。独立してからしばらくは事務所に一人だったから、そのありがたみがわかる。

「七海ちゃんの分も俺が食べるよ」

「二つも食べたら身体が冷えます。一日くらいは日持ちしますから、冷蔵庫に入れておきます」

高原は右手のスプーンでゼリーを食べながら足元に左手を伸ばし、鞄を開けて資料を取り出した。美月とは別の、交通事故の訴訟の関係書類だ。

スプーンをくわえながら大判の封筒を開け、中身に目を通す。

この件は争点もなく、賠償金額としてはそれほど高額にはならないはずだから、保険会社との交渉にも時間はかからないだろう。今日中に請求書を作り、保険会社に送ってしまおう。おそらく、一か月の間に決着がつく。これでまた一つ、抱えていた仕事を終わらせることができる。

封筒の上に書類を重ね、テーブルの端に置いてから、ゼリーの最後のひとすくいを口に運んだ。

「そうだ、保険会社から連絡来てなかった？　入江さんの件で」

「来ていました。そこにメモを残しましたが、折り返しの連絡を希望されています」

「そっか、了解。多分これで示談になると思うんだよね」

そうしたら、美月の件も終了だ。

保険会社とのやりとりが終わり、示談金を受け取ったら、美月も少しはほっとできるだろうか。

（今彼女に影を落としているのは、今回の事故よりも、十年前の事故のほうだろうけど）

今回の事故の件が解決し、高原が彼女の代理人でなくなっても、美月は記憶屋を探し続けるだろう。片山にも秘密で――見つかるはずもないのに。

彼女が記憶屋探しをあきらめるか、記憶屋に頼らなくてもよくなるかするまで見届けるなどということは、できそうにない。

だから、こんなことは、考えても意味がないことだとわかっていたが、ふとしたときに考えずにはいられなかった。

美月が記憶を消したがっていると知ったら、片山は、彼女がそこまで思いつめていたことにショックを受け、ますます無力な自分を責めるだろう。架空の怪人に縋《すが》らずにいられないのは、自分に何もできないからだと。

しかし、もし――もしも記憶屋が実在して、本当に記憶を消してしまえるとしたら、美月がそれを望むなら、片山は受け入れるのではないか。

たとえ事故の記憶を消された彼女が変わってしまっても、自分への気持ちまで消えてしまっても、それで美月が苦しまなくて済むのなら、それが十年罪の意識を抱え続けた彼女の、最後の選択なら。

なんとなくそう思った。

前へと進むために、できることをすべてしたのに、たった一つの記憶のせいで前へ進むことができずにいる。それが大事な人だったら――その相手が楽になるのなら、止めることなんてきっとできない。

本人が選んだなら、ただ見守るしかできない。

高原はもちろん、恋人である片山にも。

高原には、片山の気持ちは理解できたが、美月の気持ちは理解できなかった。

誰かと一緒にいるために自分の記憶を消すという選択が、そもそも高原の理解の範《はん》疇《ちゅう》を超えている。

自ら記憶を消すというのは、過去の自分の一部を消すことだ。小規模な自殺のようなものだ。

そこまでして誰かと一緒にいたいという気持ちが、高原にはわからない。

忘れたいと願うほど苦しんだこと、それすら忘れてしまったら、記憶が消えた後の自分は、今とは違う自分ではないか。

(今の自分は消えちゃうようなものなのに、それでも相手と一緒にいるためにって……どうしたらそんな考えになるんだろう)

過去の記憶を消すことで、片山と幸せになることに対する自分の罪悪感を消したい、というのが彼女の動機だと思っていたが、それだけではないのかもしれない。

自分がいつまでも事故のことを忘れられずにいるから、片山も心を痛めていると、彼女は気づいている。

自分が忘れることで、罪悪感なく彼といられるようになることで、片山が楽になるのなら――と、美月は考えているのではないか。

（片山さんは、そういうタイプには見えなかったけどな）

美月がつらい記憶から解放されれば、片山は、彼女のためにそれを喜ぶだろう。

しかし、「加害者側」である自分が、被害者である美月の忘却につけこむようなことは許されないと、彼ならきっと考える。

互いに過去を抱えたうえで、美月は片山を許し、愛している。片山もそうだ。誰よりも互いの気持ちがわかる二人だから、罪の意識を抱えても、一緒にいる。しかし、事故のことを忘れた美月に、ただの恋人として愛されることに、片山が罪悪感を感じないはずがない。

罪悪感は、いつかは消えるかもしれないが、そんな日はずっと来ないかもしれない。

わずかに言葉を交わしただけの高原でさえそう思うのだから、美月にそれがわからないはずもないのに――それでも彼女は、記憶を消すなどという解決しか選べないのだろうか。

（それで相手が本当に幸せになれるのか、記憶とともに今の自分が消えるなら、見届けることもできないのに）

高原は自分の残り時間を知ってしまったから、なおさらそんな風に思うのかもしれない。

しかし何より、彼女の悲愴《ひそう》な決意を理解できないのは、おそらく、自分が彼女ほど強く誰かを想ったことがないからだと自覚していた。そういう風に、生きてきた。望んでそうしたのだ。

ガラスの器に残った、ゼリーの飾りのミントの葉をつまみあげる。なんとなくもったいなくて舌の上にのせたが、特においしいものでもない。ただ、さわやかな香りだけが広がった。

すっとする。

(こんな感じがいいな)

必要不可欠じゃない。なくても問題はない。でも、あったら少し嬉《うれ》しくて、なくなったときに少し寂しく感じる、その程度がいい。誰との関係も。

薄緑の葉を飲みこんで、そんなことを思った。

誰にも執着せず誰にも執着されず、穏やかに……そんな人生がいいなあ。

(そんな終わり方が、いいんだけどなあ……)

思い出したように、目の奥が鈍く痛んだ。

もう慣れてしまった痛みだ。やり過ごし方も覚えた。

高原は目を閉じて、それが収まるのを待った。

美月の交通事故について、保険会社との交渉は滞りなく進み、納得のいく金額で和解することができた。

賠償金は、今週のうちに振り込まれるだろう。

電話での報告も済み、後は待つだけ、という状態で、美月が事務所を訪ねてきた。

「先生、このたびは本当にお世話になりました。すごくスムーズに進んで、助かりました」

頭を下げる美月は、病院の前で会ったときと同じスカートとサマーニット姿だ。髪型も同じ。しかしどこか違っていた。

落ち着いた物腰も口調も変わらないのに、何故そう感じたかはわからない。

悪い変化ではない。張り詰めていたものが消え、彼女のまわりの空気が穏やかになったようだ。どこがとも言えないようなわずかな違いだが、なんとなく、そう思った。

交通事故の損害賠償請求事件が無事終わったのだから、ほっとして肩の力が抜けていたとしても不思議はないのだが——それだけではない気がした。もしや、という思いが高原の胸に湧く。

それを隠して、業務用の笑顔を作り、面談室の机を挟んで美月と向き合った。

「賠償金の着金は、今週半ば頃になると思います。代理人口座に振り込まれ次第、費用を精算して、ご指定の口座に送金します。この間うかがった口座でよろしいですか？」

数日前に聞き取った銀行口座が、そうそう変わるとは思っていない。

あくまで念のための確認で訊《き》いただけだったのだが、

「その件なんですが」

美月は微笑みながら口を開く。

「支店名や口座番号は同じなんですが、姓が変わったので——名義だけ、片山美月でお願いします」

——なるほど、これか。

彼女を取り巻く空気が変わったと感じたのは、どうやら勘違いではなかったようだ。

「ご結婚されたんですか。おめでとうございます」

「ありがとうございます」

結婚して、彼女の雰囲気も和らいで——いいことだ。めでたいニュースだ。

それなのに、心臓の打つスピードが上がり始める。

高原は、これまで彼女たちが結婚という一歩を踏み出せずにいた、彼女たちを躊躇《ちゅうちょ》させていたものの存在を知っている。

今彼女がこうして、新しい姓を得て笑顔でいるということは、つまり——たった一つの障害だったものが、取り除かれたということではないのか。

記憶から消し去ってしまう以外に、取り除く方法がなかったはずの障害が。

「ああ、そうだ。お預かりしていた書類をお返ししますね」

動揺を表に出さないように気をつけて立ち上がり、ドアを開けて外村を呼んで、美月の書類を持ってきてくれるよう伝える。

室内を振り返り、美月に「少しお待ちくださいね」と声をかけてから座り直し、

「……そういえば」

何気ないふりをして訊いた。

「緑色のベンチで、待っていた人には会えましたか？」

緊張していたが、美月には悟られなかったはずだ。

記憶を消す怪人なんて、いるはずがない。

けれど実際に、記憶屋を探していたいずみの記憶は消えた。

記憶屋は、自分と会った人間から、自分に関する記憶を消してしまうという。だから記憶を消された人間は、記憶を消されたことも、記憶屋に会ったことすら、覚えていない。

これでもし、美月がきょとんとして、「何のことですか？」と言ったら——そんな予感が胸にあった。

否定し続けてきたはずなのに、いつのまにか、信じる用意はできていた。

美月は正面から高原を見て、笑顔で答える。

「はい、おかげさまで」

覚えている、ようだ。

……考えすぎだったか。

ほっとすると同時に、笑えてきた。

「……すみません。実は、記憶が消えてしまったのかと思いました」

晴れやかな顔をしていらっしゃると思ったので、と高原が付け足すと、美月は口元に手を当てて、正直ですね、と笑う。

「私には、そんな必要、ないんです。姉のことは忘れていませんし、今でも後悔も罪の意識も、自分の中にありますけど、それを抱えて生きていこうと思っています。姉のぶんも幸せになるつもりで」

「そうですか」

それが、健全な思考だ。

自分自身の強さで、そう思うに至ったのであれば、もう大丈夫だ。

よかった、と安堵《あんど》して、あれ、と何かが——いくつかのことが引っかかった。
美月の記憶は消えていない。しかし彼女は、高原の問いに頷《うなず》いた。
彼女は緑色のベンチで、誰と会ったのだ？
（私には、そんな必要ないんです——）
「私には」？
答えにたどり着く一瞬前に、ドアごしにチャイムが鳴る音が聞こえた。
外村が対応しているようで、玄関で話し声が聞こえる。
美月の耳にも入ったようで、
「主人の声です」
彼女は特に驚いた様子もなく、どこか嬉しそうに言った。
面談室のドアを開けて高原が廊下に出ると、玄関先に立っている外村の背中が見える。
ドアが開いた音が聞こえたのか、高原が声をかけるまでもなく外村は振り向いて、
「片山様のご主人がいらしています」と告げた。
その向こうに、美月の言ったとおり、片山が立っていた。
「こちらの部屋でお待ちになりますか？　それとも、一緒に……」
「あっ、いえ。まだお話し中でしたか。すみません、時間潰《つぶ》してきます。……終わっ

たらメールして」

「うん」

高原の後ろから顔を出した美月に声をかけて、片山は高原に会釈をしてからこちらに背を向ける。

妻を気遣って迎えにきた、優しい夫。それ自体は以前と変わらないが、その様子が、高原の知る彼とは明らかに違っていた。

美月の変化の比ではない。その声も表情も、別人のように明るかった。

何の憂いもない、新婚の夫だ。

それで、高原は気がついた。

記憶をなくしたのは、彼のほうなのだ。

＊　＊　＊

彼の罪の意識を消したかったんです、と、美月は静かに話し始めた。

「私を見るたびに、彼の中で辛《つら》い記憶や罪の意識がよみがえるのはわかっていました。それでも彼は優しくしてくれて、私のことを大事にしてくれた……愛してくれたと思います。捨てたつもりで、結局過去の記憶を忘れられないのは私も同じでしたけど…

…彼は優しすぎて、私が折り合いをつけつつあった私の中の罪悪感にさえ、心を痛めていました」

面談室へ戻り、改めて向かい合った彼女の表情に、後悔の色はない。

片山が苦しんでいたことを話すときも、すでに過去のことを懐かしむ口調だった。

「私は、今でも事故のことは忘れられませんが、だからって、自分たちが幸せになれないとか、なっちゃいけないなんて思っていませんでした。私はとっくに、過去より、彼との未来を選んでいました。誰に認められなくてもかまわないと思っていたんです。でも、彼のほうはまだそこまで割り切れていないとわかっていましたし、そんな繊細さも愛していました。だから、いくらでも時間をかけて、一緒に向き合うつもりだったんですけど」

いつまでたっても、片山は自分の罪を忘れなかったのだと、美月は言う。

それすらも愛《いと》おしそうに。

「片山は前へ踏み出そうと努力して、踏み出せなくて、そのたびに自分を責めていました。わざわざ傷つくようなことをして、やっぱり傷ついて……このままだったら、片山は壊れてしまうかもしれない。そう思いました。私と離れれば、彼は解放されるのだろうとわかっていましたけど、私は彼と離れる気はなかったから――これからも一緒にいるためには、罪悪感の元になっている記憶を消すしかないと思ったんです」

忘れたいのに忘れられない、辛い記憶を消してくれる怪人。

辛い記憶から逃げたくて、そんなものがいればいいのにと誰かが願った、そこから生まれた都市伝説が、記憶屋だと思っていた。

存在自体疑っていたが、そもそも記憶屋というものは、記憶のせいで苦しむ人が救われたくて縋《すが》るものだという意識があったから、高原には、記憶屋に他人の記憶を消すことを願うという発想がなかった。

しかし美月は最初から、自分が楽になるためではなく、片山を解放するために、記憶屋を探していたのだ。

そして記憶屋は、彼女の願いを聞き届けた。

「記憶屋に、会ったんですね」

はい、と美月ははっきりと頷く。

「緑色のベンチで記憶屋と会ったことは覚えていますけど、どんな人だったかは覚えていないんです。たぶん偶然じゃなくて待ち合わせをしたんでしょうから、メールか何か残っているかと思ったんですが、見つかりませんでした。記憶屋に言われて、私が自分で処分したんだと思います。記憶屋に会った、依頼をした、覚えているのはそれだけです」

現実離れした内容を、彼女は平然と話した。

「彼の記憶も、こんな感じなのかなと思います。確かに記憶は消えているけれど、それをおかしいと思わない。不思議ですね」

目の病気で、視界が欠ける症状が出ることがあるが、脳が見えている風景を補完してしまうせいで、本人は見えていない部分があることに気づかない……という話を、どこかで聞いたことがある。それと同じようなことかもしれない。

ある事象についての記憶がなくなれば、その周辺の記憶にもずれが生じるだろうが、残った記憶を脳が調整して、違和感を感じないよう、つじつまを合わせてしまう。だから、忘れてしまったことに、本人は気づかない。

高原がその可能性を指摘すると、美月は
「そんな感じなのかもしれませんね」

と、あっさり言っただけだった。

仕組みについてはそれほど興味がないらしい。

彼女にとっては、片山の記憶が間違いなく消えていること、それによって彼が重荷から解き放たれ、自分との未来を歩み始めてくれたことだけが重要なのだろう。

「私はてっきり、あなたが自分の記憶を消すために記憶屋を探しているものだと思っていました」

「ええ、私は片山よりは、過去の記憶と折り合いをつけることができていましたけど

――忘れてしまえたら楽かもしれないとは思っていました。だから、一緒に、私の記憶も消してもらおうかと迷ったんですけど、それはなんとなく、ずるいように思えて。自分じゃなくて片山の記憶を消すんだから、その責任は負わなきゃ、自分がしたことを覚えておかなきゃいけないって、そんな気がして」

美月は口元に笑みを浮かべたまま、そっと目を伏せて言った。

「それに、彼が私のためにあんなに苦しんでくれたこと、覚えていたいと思ったから」

ドアがノックされ、外村が関係書類を届けてくれる。

大判の封筒にまとめたそれを美月に返却し、これで業務はほぼ終了だ。あとは、保険会社の入金を待って、彼女の口座に振り込むだけ。

「片山美月」名義の口座に。

「――それから、もう一つ。彼を楽にしてあげたかったというのも本当ですけど……記憶屋を探した理由は、それだけじゃないんです」

封筒をトートバッグにしまいながら、思い出したかのように――そういうふりをしているだけかもしれないが――美月が口を開いた。

「私、彼が優しいのも、私を大事にしてくれるのも、事故があったからこそかもしれないって、ずっと思っていました。彼が加害者の家族として、被害者の家族である私に対して責任を感じているのは知っていました。その責任感や罪悪感が、彼を縛りつけているのかもしれないと思ったから……その記憶がなくなっても彼が自分のそばにいてくれるのか、知りたくて」

だから私、賭《か》けてみたんです。

そんなことを微笑みながら告げる彼女に、言葉を失った。

愛する人を苦しみから解放したい。彼が、自分といるせいで苦しむのを見たくない。いつか彼が苦しみから逃れようと、自分から離れていってしまうことを考えると怖い。彼を失いたくない。そういう気持ちから記憶屋を探すことは、正しいかどうかは別として、理解できると思っていた。

しかし、最後の動機は、高原が想像もしていなかった、理解できないものだった。

「それで、もし片山さんがあなたから離れてしまったら……どうするつもりだったんですか」

失いたくない大事な相手だからこそ、自分との未来の障害となる記憶を消してしまいたい。そう願う一方で、本人の知らないところで、試すようなことを。本当に失っていたかもしれないのに？

「そうなったとしても、それは仕方のないことだと思っていました。これからそうなる可能性だってあります。今、彼は罪悪感に縛られることなく、未来を自由に選べる立場になったんですから」

美月は、高原の反応すら予想していたようだった。

動じる風もなく、顔をあげて微笑んで答える。

「そのときはもう一度、好きになってもらえるように頑張ります」

どんな気持ちで彼女を見たらいいのかわからなくて、ぎこちなく微笑み返すのが精いっぱいだった。

美月は丁寧に頭を下げ、晴れやかな表情で事務所を出ていく。エレベーターに乗ってすぐに、彼女がバッグからスマートフォンを取り出すのが見えた。これから片山と合流して、一緒に帰るのだろう。

彼女も片山も、片山の記憶が消える前よりもずっと幸せそうだ。

本人が忘れたがっていた記憶を消しただけ。誰も被害を被ってはいない。

片山に、記憶を消すかどうかの選択肢が与えられたのかは知らないし、おそらくは与えられなかったのだろうと思うが、少なくとも今の彼は前よりも生きやすそうだった。

エレベーターホールから事務所の中へと引き返しながら、高原は複雑な気分で頭を掻《か》いた。

純粋に祝福する気持ちにはなれない。けれど彼女の選択が誤っているとも、高原は思えなかった。

彼らの笑顔を見た後では。

記憶を消しても、過去はなかったことにはならない。変わるのは、記憶を消された本人だけだ。

しかし、それで十分なこともある。

＊　＊　＊

一番気持ちが乱れがちな時期を、仕事に集中することでやり過ごした。

仕事のほうは、大体のめどがついた。この調子なら、おそらく、なんとか依頼人たちに迷惑をかけずにすべて処理できるだろう。

自分の残り時間については、できる限り秘密にしておきたいが、いずれ外村には話さなければならない。これからどんどん衰えていくだろう身体で、依頼人を不安にさせないように仕事をこなすためには、彼のサポートが必要不可欠だった。

外村には、迷惑をかけてしまうだろう。

雇用主として責任をもって、ちゃんと事前に告知して、退職金を渡して、次の仕事が決まるまで彼が困らないようにするつもりだったが、退職までの間は、彼に助けてもらうしかない。

そうでなくとも、外村には隠し通せないだろうから、あとはタイミングだけだ。

七海は――彼女のほうは、もう少し厄介だ。

本当のことを彼女に伝えることなんて、できそうにない。けれど、隠しても、いつかは知られてしまう。突然高原がいなくなってしまったら、いなくなる日のことをずっと自分に隠していたと知ったら、彼女は耐えられるだろうか。

(泣くだろうなあ)

そう思うと、口元と涙腺《るいせん》が同時に緩んだ。

死ぬときに泣かれるほど好かれる予定はなかったのだが、仕方がない。お互い様だ。そこは許してもらうとして――問題はその後だ。

外村は大丈夫だ。きっと泣かせてしまうだろうが、ほんの少し背中を押せば大丈夫。自分で歩き出せる。

しかし、七海は彼ほど強くはないだろう。もう少し大人になれば、きっと、喪失も乗り越えて自分で歩けるようになるだろうけれど、それを待つだけの時間はない。

自分の死が、彼女に取り返しのつかない傷をつけてしまうのが怖かった。

死ぬことについて考えるより、彼らのためにできることを考えたい。自分がいなくなった後も、大事な人たちが歩いていけるように――そうしたら、自分も、安心していけるから。

そして叶《かな》うものなら、彼らの、優しくてきれいな思い出になりたい。

けれど、それができないのなら——癒《い》えない傷になって、そこから大事な人の心を、腐らせてしまうくらいなら。

（記憶屋……）

きっと本当は、残り時間の告知を受けたときから、信じたいと思っていた。

片山の記憶が消えたことを知ってからずっと、頭の隅にはあった思いだ。

もしも、いずみや美月の願いを聞き届けた怪人が、本当に存在するなら——自分の前にも、現れてくれるだろうか。

彼らに知られてしまう前に、見つけることができれば。せめて、取り返しのつかない傷にならずに済めば。

高原は、デスクの前に座るとパソコンの検索履歴を呼び出し、都市伝説サイトを開いた。

間に合うだろうか。

＊　＊　＊

時に意外なところから、手がかりは降ってくるものだ。

「人の記憶を消すことのできる人間がいるとして……それを実行したら、その行為は罪になりますか？」

かつては自分も学生として講義を受けた校舎の教室で、卒業生として教壇に立った高原に、そんな質問をした男子学生がいた。

いずみとも美月とも違うが、彼の目はおそろしいほど真剣だった。

周囲に怪しまれないような当たり障りのない答えを返しながら、高原は高揚する気持ちを抑え込む。

何気ない調子を装い、どうしてそんな質問を、と高原が問うと、一瞬彼の目が泳いだ。

「人の記憶を消す怪人がいるって、都市伝説があって……」

友達と盛り上がったから訊《き》いてみただけだ、と彼はごまかしたが、高原にはわかる。彼は記憶屋を、作り話の中の怪人だとは思っていない。本気で記憶屋を探しているのだ。その存在を信じるだけの理由が、彼にあるということだ。

見つけた。

記憶屋へとつながる手がかりだ。

「おもしろそうだね、その話」

高原は彼に笑顔を向け、あくまで軽く聞こえるように気をつけて言った。

「後で個人的に教えてください。……ほかに、質問のある人は？」

彼は、あきらめたように目を伏せて、そこから先は、高原への興味を失ったようだった。質問したことを後悔しているかもしれない。

任された講演の時間は、残り数分だ。

早く彼と話がしたい。

講演を終え、学生たちの拍手を受けて教室を出た後、高原は廊下へ出て、先ほどの男子学生を待った。

学生たちがほとんどいなくなった後の教室から、一人で出てきたところを呼び止める。

「ちょっといいかな」

彼は足を止め振り向いて、怪訝《けげん》そうに高原を見る。

「話がしたいんだ。個人的に」

記憶屋について。

彼にだけ聞こえるくらいに声を落として付け足すと、その目が見開かれ——彼はゆっくりと、頷《うなず》いた。

ライ・フォー・マイ・レディ

亜紗子《あさこ》にとって、紗奈枝《さなえ》は憧《あこが》れの女性だった。

紗奈枝と亜紗子の母親は、年の離れた姉妹だ。しかし、亜紗子が紗奈枝を「おばさん」と呼んだことはない。

小さい頃から、「紗奈枝さん」と呼んでいた。その名前の響きは、さらりとさりげなくて、柔らかくて、彼女にぴったりだと亜紗子は思っている。

紗奈枝が一人で住んでいる古い一軒家も、小さいけれど上品で、掃除が行き届いていて、いつも可愛らしい花が飾ってあって、主《あるじ》の人柄を表しているようだ。

亜紗子は抱えた買い物袋をゆすり上げ、預かっている合鍵《あいかぎ》を取り出した。

ドアの向こうからは、ピアノの音が聞こえている。

拙《つたな》い音色は、紗奈枝ではなく、生徒が弾いているのだろう。

紗奈枝は、自宅でピアノ教室を開いている。

「ただいま」

亜紗子がドアを開けてそっと声をかけると、ピアノの音が止んだ。

ピアノの前に生徒と並んで座っていた紗奈枝が、振り向いて微笑む。彼女が口を開く前に、紗奈枝のとなりに座った友美《ともみ》と、ピアノの後ろのソファで本を読んでいた——先に自分のレッスンを終えて、友美を待っているらしい——琴子《ことこ》が、口をそろえて「おかえりなさーい」と言った。

友美は近所に住む小学五年生の女の子で、三年生のときから紗奈枝にピアノを習っている。琴子は友美が連れてきたのがきっかけで生徒になった。彼女は、ここに通い始めてまだ三か月だ。

家事手伝いのために出入りしているうちに、亜紗子は生徒たちのほとんどと顔見知りになってしまった。

「あさちゃん、ご苦労さま。あさちゃんがおつかいに行ってくれるから、助かるわ。重かったでしょう」

「ううん。重いものは配達を頼んだし……卵とお野菜、冷蔵庫に入れるね」

紗奈枝は声もきれいだ。おっとりとした話し方も、映画のヒロインのようにかわいらしい。

自分もこんな風になりたい、といつも思うが、亜紗子が真似をしても口調ばかりが浮いてしまって不自然で、以前母親に笑われてから無理はしないことにしていた。

「ごめんねトモちゃん、もう一度ね」

「はあい」

友美が、曲の途中からピアノを弾き始める。

亜紗子はそれを聴きながら、食料を戸棚や冷蔵庫にしまい、友美たちに出してやるために買ってきた苺《いちご》を洗ってへたをとった。もうあと少しで友美のレッスンが終わる時間だ。

紗奈枝の生徒は十人以上いて、皆いい子たちだが、その中の何人が真剣にピアノに取り組んでいるかというと、せいぜい一人か二人だろう。小学生の女の子たちが、ピアノよりおやつのほうが楽しみでここに通っていることを、亜紗子は知っている。

「じゃあ、次までにここを練習してきてね」

時計が五時半を指し、紗奈枝はそう言って楽譜を閉じた。

はーい、と友美は元気よく答え、楽譜を布の鞄《かばん》にしまうと、待っていましたとばかりにソファに陣取る。

琴子も、期待に満ちた目で紗奈枝と、台所の亜紗子とを見比べている。

「お夕飯食べられなくなっちゃうから、ちょっとだけね」

亜紗子が、苺を少しずつ小さい器に盛り、ミルクと砂糖をかけたものを運んでいくと、少女たちの目が輝いた。

以前は、この時間帯は、レッスン生が少なかった。去年まで、五時四十五分からテレビで子どもに人気の人形劇を放映していて、自宅でそれを観たい子どもたちが、この時間のレッスンを嫌がったのだ。

その番組が最終回を迎えたとたん、友美の母親の意向で、レッスンの時間は変更になった。

友美の鞄についたアップリケは、その番組のキャラクターのものだ。

レッスンを終えて帰宅すると、夕食にちょうどいい時間帯だが、これまでここに来たときにはいつもおやつが出ていたので、友美ががっかりしないように、時間が変更になった後も、少量の甘いものを出してやるようにしている。

おそらく琴子も、友美に「おやつがもらえる」と言われてピアノを習い始めた口ではないかと、亜紗子は思っている。

「そうだ、あさちゃん。これ、あさちゃんのじゃない？」

紅茶を飲んでいた紗奈枝が、思い出したように言った。カップをソーサーの上に置いて立ち上がり、ピアノの上にあった何かをとって戻ってくる。

これ、と差し出されたのは、見覚えのある、水色の髪留めだ。友達と一緒に銀座《ぎんざ》の店に行って買った、お気に入りだったのだけれど、先週から行方不明になっていた。数日探した後、あきらめて買いなおしたばかりだった。

「あっ、それ……私、ここに持ってきてたんだっけ。なんで外したんだろ……全然覚えてない。なくしたと思って、新しいの買っちゃった」

こういうことはたまにある。自覚があるし、母親にもよく叱られるのだが、治らないのだ。

「もう、私本当にうっかりしてて、嫌になるなあ」

高かったのに、と亜紗子がぼやくと、友美が紅茶をふうふう吹いて冷ましながら、

「仕方ない、仕方ない。記憶屋が出たのよ」

すました顔で慰めてくれた。

お姉さんぶった口調に思わず笑ってしまう。

「なあにそれ？　きおくや？」

「お母さんが言ってたの。おばあちゃんとかお父さんが物忘れしたときとかに、記憶屋が出たのねって。人の記憶を食べちゃうおばけなんだって」

こちらは熱い紅茶も平気らしい琴子が、半分ほど飲んだカップを置いて、「えー」と声をあげる。

「おばけじゃないよ、悪い記憶を消してくれるんでしょ？」

「でも、記憶を食べちゃうんだったらおばけじゃない？　いいおばけ」

記憶屋という話は、琴子も知っているらしい。

亜紗子は聞いたことがなかったが、割合よく知られた話なのかもしれない。

おばけのせいなら仕方がないわねと、紗奈枝がゆったりとした声で言ったので、亜

紗子も、まあいいか、という気持ちになった。お気に入りの髪留めだ。壊れても替えがあると思えば、安心して普段使いにできる。

今度こそ忘れないようにと鞄に入れたところで、玄関の呼び鈴が鳴った。

「こんにちはー、こんな時間にすみません」

「あら、慎一《しんいち》さん。いらっしゃい」

返事をしたのは紗奈枝だが、ソファから立ち上がるのは亜紗子のほうが早い。

駆け寄って玄関のドアを開けると、左手に紙袋を提げ、右腕にも何かの包みを抱えた慎一が立っていた。

慎一は背が高く、小柄な亜紗子とはかなり身長差があるけれど、顔が童顔なので、見下ろされても威圧感はない。年齢は二十二、三歳のはずだが、童顔に加えて気安い性格のせいか、亜紗子から見て「大人」という感じはしなかった。せいぜい「お兄さん」だ。

紙袋には、「鈴岡《すずおか》商店」と、輸入品を扱っている店の名前が書いてある。注文していた缶詰や乾物を、届けに来てくれたらしい。本来は配達はやっていない店だが、店のオーナーの鈴岡が紗奈枝と懇意にしているため、特別に配達に応じてくれている。

鈴岡は慎一の下宿先の家主でもあり、慎一はときどき鈴岡の仕事の手伝いをしているようだった。男手のない紗奈枝の家で、雑用を引き受けてくれることもあり、紗奈枝や亜紗子とも、すっかり顔なじみだ。

「夕食の支度に必要なものがあったらと思って……間に合いましたか」

「大丈夫よ。ありがとうございます」

亜紗子が紙袋を受け取ろうとすると、慎一は「重いよ」と言って、台所まで運んでくれた。

「それからこれ、鈴岡さんから。いただきものだそうですけど、よかったらって」

そう言いながら、右腕に抱えていたほうの包みをソファの前のテーブルに置く。

何かしら、と紗奈枝が包みを開けると、深緑色の、きれいな缶が出てきた。亜紗子は英語が読めないが、缶に描かれた絵からすると、中身はクッキーのようだ。

「いつも申し訳ないわ。鈴岡さんにはよくしていただいて」

困ったように紗奈枝が頬に手を当てて首を傾けるので、

「いいじゃない。今度、お礼を言いに行けばいいよ」

亜紗子は慌てて言った。紗奈枝が、いただけないわ、などと言い出したら、せっかくのお菓子のご相伴に与《あずか》れなくなってしまう。

「これから店で扱うかもしれないから、感想を教えていただけたら助かると言っていました。それで十分だと思いますよ」

慎一にもそう言われて、紗奈枝は「そうね」と頷《うなず》いた。紗奈枝は単純に、鈴岡を親切な人だと思っているようだが、亜紗子は知っている。鈴岡は、紗奈枝のことが好きなのだ。

「ねえ、開けていい？　開けていい？　紗奈枝先生」

友美と琴子は、クッキーが気になって仕方ないようだ。

「今日はダメよ、お夕飯が入らなくなってしまうもの。次に来たときに出してあげる」

少女たちは少し残念そうだったが、苺を食べ終わって満足していたのもあったのだろう、「はあい」と素直に言って荷物をとりあげた。彼女たちの自宅は徒歩数分の距離のはずだが、あまりのんびりしていては、夕食に間に合わなくなってしまう。

亜紗子は紗奈枝と二人、玄関で見送った。

友美と琴子と一緒に、慎一も帰っていった。

さて、これから夕食の支度だ。

亜紗子は冷蔵庫の脇にかけてあった小花柄のエプロンをつけ、台所に立った。

亜紗子も以前はここでピアノを習っていたが、どうにも楽しいと思えなくて、やめてしまった。

身内ということもあって、レッスンは一番遅い時間に入れていたから、当時はレッスンの後、紗奈枝が夕食を作ってくれていた。ピアノは苦手だと気づいた後も二年ほど続いたレッスンは、そのために通っていたようなものだ。

今はもうピアノからはすっかり離れてしまったし、料理をするのも亜紗子のほうだったが、週に二回はここで一緒に夕食をとるようにしている。

亜紗子の両親も、一人暮らしの長い紗奈枝の慰めになるだろうという思いからか、花嫁修業をさせているつもりなのか、亜紗子がここへ通うことは許してくれていた。

「あさちゃんはお料理が上手ね。いつもありがとう。お礼に今度、銀座のお店にアイスクリームを食べに行きましょう」

一汁三菜の夕食を前にして、「いただきます」と手を合わせた後、紗奈枝が笑顔で言う。

食卓からよく見える棚の上には、紗奈枝と、夫の洋祐《ようすけ》が並んで写った、古い写真が飾ってある。

亜紗子が生まれたとき、洋祐はもういなかった。

確かめたわけではないが、亜紗子は、彼は亡くなったのだろうと思っていた。大人が紗奈枝を「未亡人」と呼ぶのを聞いたこともあったし、亜紗子の両親も洋祐を亡くなったものとして扱っていたからだ。

しかし、紗奈枝からは一度も、死んだと聞かされたことはない。

「海の向こうへ行ったきり、行方がわからないの。でもいつかきっと帰ってきてくれる」

まだ亜紗子が小学生だったころ、初めて洋祐のことを訊《き》いたとき、夢を見るような目で紗奈枝が話してくれたのを覚えている。

幼かった亜紗子はそれを信じ、ロマンティックだと胸をときめかせ、そう口に出し紗奈枝を喜ばせた。

年を重ねるにつれ、周囲の認識と紗奈枝の言っていることは違うようだと気がついた。

どうやら、洋祐は行方不明になり、おそらく亡くなっているだろうが、その時期も場所もはっきりしていないということのようだった。今調べれば詳しいことがわかるかもしれないが、紗奈枝はそうしようとはしなかった。洋祐がもうこの世にいないことを、確定させたくないのだろう。

生死をはっきりさせないでおけば、いつか帰ってくるかもしれないと思っていられる。

洋祐が戻ることはないと皆わかっていたが、あえてそれを口に出して、紗奈枝の幸せな小さな世界を壊すようなことはしなかった。

大人たちが皆、紗奈枝の前では、あまりその話をしないように気をつかっていたから、亜紗子も訊かないようにした。ただ、彼が生きていたころの楽しい思い出話ばかりをせがんだ。紗奈枝は喜んで話してくれ、亜紗子は、同じ話でも笑顔で聞いた。わずかに頬を上気させ、洋祐の話をする紗奈枝が好きだったのだ。

もともとが裕福な家の生まれだったというのもあるだろうし、早くに夫をなくして独りになったことも影響しているのかもしれないが、紗奈枝には所帯じみたところがなく、いつまでも少女のようだった。

紗奈枝が結婚したのは、今十七歳の亜紗子と、さほど変わらない年のころだったという。

彼女の時間は、そのころから止まっているのかもしれないと、亜紗子は思っている。

紗奈枝は美人だったから、彼女に想いを寄せる男性もいた。今は鈴岡くらいだが、以前はもっと多かったそうだ。彼女が未亡人になって数年の頃は、積極的な男性が何人もいて、大きな会社の社長さんに求婚されたこともあるのよと、亜紗子の母が話していたのを聞いたことがある。鈴岡だって、小さいが、輸入会社と商店とを持っている、立派な社長だ。

しかし紗奈枝は、過去しか見ていないようだった。

「あの人と初めて会ったのはね……」

そう、夢見るような目で話す彼女を見れば、それは誰の目にも明らかだった。

紗奈枝が洋祐以外の男性に目を向けるのを、亜紗子は見たことがないし、想像もつかない。

傍目《はため》にもわかるほど紗奈枝に思慕を募らせている様子の鈴岡が、距離を縮めようとはせず、親切な友人としての態度を崩さないのは、それがわかっているからだろう。いつか自分を見てくれる日が来れば、と願ってはいるだろうが、今想いを告げても受け容《い》れられないと理解しているのだ。

何年か前、彼が紗奈枝を好いていると気づいたとき――実を言うと、亜紗子は少し嫌な気持ちになった。紗奈枝には、ずっと洋祐を想い続けていてほしい。話の中でしか知らないが、亜紗子にとって理想の夫婦なのだ。それを邪魔してほしくないと思った。

けれど今は、鈴岡を気の毒に思う気持ちもある。紗奈枝に迷惑がられない、警戒されないぎりぎりのところで彼女に尽くし、好かれようと努力しているのが、けなげで少し痛々しかった。

高価すぎる贈り物は控え、珍しいもの、かわいらしいものを少しずつ選んで届けること、本当は毎日でも会いたいくせに、訪問には日にちを置くこと、三回に一回は自分ではなく慎一をよこすことに、彼の慎重さと臆病《おくびょう》さと、それだけ紗奈枝を好きなのだということが透けて見えた。

帰るはずのない夫を待っている紗奈枝と、おそらくはずっとかなわない恋を抱いている鈴岡が、少しだけ似ていると思った。

だから亜紗子は、鈴岡を応援はできないけれど、彼が傷つかないといいなと思っている。

亜紗子は食卓に紗奈枝と向かい合って座り、自分の作った夕食を口に運んだ。

紗奈枝は箸《はし》使いがきれいなので、食べるところを見るのも楽しい。

「アイスクリーム、洋祐さんと食べたことある？」

「あるわよ。洋祐さんが連れていってくれたお店でね」

最初はただきらきらとした思い出話に憧《あこが》れを募らせていた亜紗子が、紗奈枝の語る王子様がもう彼女を迎えにくることはないと理解して、数年が経つ。けれど、紗奈枝がそう信じているなら——信じたいならそれでもいいと思っていた。

いつか私も、そんな素敵な人と会えたらいいな。

亜紗子がそう言うと、紗奈枝は、きっと会えるわよと、いつも微笑んでくれるのだ。

＊　＊　＊

紗奈枝さん、このままご主人を探さないのかなあ、と慎一が、庭の雑草をむしりながら言った。

　亜紗子は、ゴミ袋を広げた状態で、こちらに背を向けたままもくもくと草をむしる慎一を見る。

　紗奈枝は留守で、亜紗子が留守番を任されていた。庭の草むしりをしようとしていたところにちょうど慎一が来たので、手伝ってもらっている。

　もともと大して茂らないうちにこまめに手入れをしているので、それほど時間はからない。もうあと二、三分もすれば、目立つ雑草はなくなりそうだった。そうしたら、家の中に入ってお茶にする予定だ。

「探したって、仕方がないもの。もしかしたら、いなくなった直後は探したのかもしれないけど、結局今まで見つかっていないんだし……」

「仕方ないってことはないだろう。今のほうが、落ち着いて探せるし……はっきりさせないままにしておくっていうのは、もやもやしないか？　葬式もあげられてないんだろ」

　草をむしっては、振り向かずに腕だけ後ろに回して亜紗子のゴミ袋にそれを投げ込み、慎一は言う。

「紗奈枝さんだって、ご主人が生きているのか死んでいるかもわからないまま待ち続けるなんて、つらくないのかな」

指をこすりあわせて、土を払い落としている慎一の爪を眺める。

深く根を張っているわけでもない雑草くらい、亜紗子でもそれほど苦労せずにむしれると思っていたが、やはり慎一のほうがずっと早かった。おかげで、楽をしてしまった。

「鈴岡さんが前に、知り合いに警察官だか役所の人だかがいるから探してみようかって言ったみたいなんだけど、そのうち帰ってくるからって断られたんだってさ。何年も前の話だけど」

「そうなんだ。それでもし洋祐さんが見つかって、この家に帰ってくることになったら、鈴岡さん、勝ち目ないのに……」

「まあそれでも、中途半端なままにしておくよりはいいと思ったのかもしれないね」

複雑な男心だ。映画か何かのように、記憶喪失になった洋祐が発見され、紗奈枝のもとに帰ってくる——などという展開にはならないと、見越してのことだろうが。

(見つかるわけないって、思ってるんだろうな……)

洋祐が、もう生きてはいないだろうということは、皆がわかっていた。

紗奈枝だって、心のどこかではそう思っているはずだ。それでも待っている。

決定的なことを知ってしまいさえしなければ、もしかしたらと思っていられるからだ。

「でもやっぱり、紗奈枝さんが、洋祐さんの行方を探すことはないと思う。亡くなったって、確かめることになるかもしれないでしょう」

　生きているのなら、紗奈枝のところに帰ってこないはずがない。帰ってこないということは、死んでしまったか、もしどこかで生きているとしても、帰れない事情があるということだ。それを確かめても、いいことはない。

「亡くなってるってわかったら、一区切りつけて、次の幸せを探せるだろ」

「そんなこと、紗奈枝さんは望んでないもの。今だって、十分幸せなんだから」

　少しむきになってしまった。

　亜紗子が言い返すと、慎一は反論せず、あっさりと頷《うなず》く。

「そうだね。ずっと過去の中に住んでいることが、いいことなのかはわからないけど……少なくとも、本人が幸せなら、周りが口を出すことじゃないね」

　ひととおり雑草を抜き終えて立ち上がり、亜紗子の手からゴミ袋を受け取って口を結んだ。容量には、まだ大分余裕がある。慎一はそれを運んで、庭の隅にある物入にしまうところまでやってくれた。

　お茶を淹《い》れるね、と亜紗子が声をかけると、慎一は振り向いて微笑む。

「うん、ありがとう。先に手を洗わせて」

　ちょっと夫婦みたいなやりとりだな、と思った。なんだかくすぐったい。

紗奈枝と洋祐も、この庭で、こんな風に言葉を交わしたことがあったのだろうか。

＊　＊　＊

夏が過ぎた頃から、鈴岡が訪ねて来なくなった。

オーナーでありながら、週に何度かは店に立つこともあった彼を、店頭で見かけることもなくなった。輸入の仕事をしているから、海外にでも行っているのかと思っていたのだが、注文したものを配達に来た慎一が、「どうやら体調が優れないようだ」と教えてくれた。

「寝込んでるってわけでもないから、大丈夫だとは思うんだけど……」
一、二週間前から元気がなくて、ここ数日は、ほとんど家から出てこないそうだ。
「心配ね」

紗奈枝は眉《まゆ》を寄せてそう言い、慎一が帰って行ったあと、桃の缶詰でお菓子を作った。

ピアノ教室の生徒たちに出す分とは別に取り分けて深皿に盛り、ふたをかぶせて、水平になるよう注意して買い物かごに入れて亜紗子に持たせる。

「お見舞いにうかがいたいけれど、私はこれからレッスンがあるから。あさちゃん、行ってきてくれる？　どうぞお大事にって伝えてね」

罪な人だな、と思うが、紗奈枝には、鈴岡に気を持たせているという自覚はないのだろう。

裏も何もなく、病気の人は労《いたわ》り、親切にしてくれる人には感謝を示さなければと思っているだけなのだ。

亜紗子は何も言わずに買い物かごを受け取り、お使いに出た。

亜紗子もよく紗奈枝に頼まれて買い物をする、鈴岡の店までは、歩いて十分ほどの距離だ。

お店の裏が会社の社屋で、通りを挟んだそのすぐ向かいに鈴岡の家がある。

土地は広いが、建物は、社長の邸宅にしては小ぢんまりとした家だ。同じ敷地内に、慎一の住んでいるアパートがある。以前慎一に場所を教えてもらったことがあり、迷わずに済んだ。

亜紗子は店にはよく行くが、鈴岡の自宅を訪ねるのは初めてだった。少しだけ緊張する。

紗奈枝からの見舞いを渡したとき、鈴岡がどんな反応をするのだろうと考えると、楽しみなような、気が重いような、複雑な気持ちだった。

呼び鈴を鳴らすと、しばらく待たされた後ドアが開いて、ふくよかで気のよさそうな女性が出てきた。

一瞬家を間違えたかと思ったが、表札は「鈴岡」になっている。

「あの、私、ええと……鈴岡さんのお見舞いに。倉橋《くらはし》亜紗子といいます」

「まあまあ、わざわざありがとうございます。少しお待ちくださいね」

彼女は亜紗子を玄関まで招き入れると、ぱたぱたとスリッパを鳴らしながら室内へ取って返した。

ノックの音と話し声が聞こえ、少しして、慌てた様子の鈴岡が出てきた。

ふらついているということもなく、病人には見えない。しかし、少し痩《や》せたようだ。

「亜紗子ちゃん？」

「こんにちは。あの、体調が悪いと聞いたので、お見舞いに……これ、紗奈枝さんからです」

亜紗子が、傾けないよう注意しながら深皿を取り出し、差し出すと、鈴岡は眉を下げて受け取った。

ありがとう、と言った声に張りがない。紗奈枝の手作りの見舞いの品だというのに、なんだか泣き出しそうな表情だ。

鈴岡がそんな表情を見せたのは一瞬で、亜紗子の視線に気づいたのか、彼はすぐに取り繕うような笑顔を作る。

「悪いね、ちょっとこっちで待っていてくれるかな。今人が来ていて、応接室を使っていて」

「あっ、いえ、私はここで……」

「せっかく来てくれたのに、そういうわけにはいかんよ。お茶だけでも飲んでいってくれ。幸代《さちよ》さーん、紅茶を頼むよ」

鈴岡は亜紗子の父親より年上だが、これまで一度も結婚をしたことはないらしい。通いの家政婦が、食事の支度から掃除洗濯までやってくれているのだと、そういえば聞いたことがあった。

幸代と呼ばれていたのが、その家政婦だろう。彼女のおかげか、亜紗子が通された居間はきちんと掃除が行き届いていた。コーヒーテーブルの上には、外国のカタログのようなものが出したままになっていたが、散らかっているという印象はない。

鈴岡は亜紗子に「もう少し待っていて」と声をかけてから応接室に取って返した。自宅で商談中なのだろうか。

幸代と呼ばれた家政婦が、紅茶と焼き菓子を運んできてくれた。

鈴岡が思っていたより元気そうで安心したが、亜紗子としては、見舞いの品だけ置いて帰るつもりだったのに、これでは鈴岡の用が済むまで帰れそうにない。

初めてあがった家の居間に一人残され、居心地の悪い思いをしながら、紅茶を飲んだ。

手持ち無沙汰《ぶさた》だったので、部屋を見回す。

普段の鈴岡は気のいいおじさんという感じで、おしゃれとか洗練されているという印象はなかったが、室内はなかなかいい雰囲気だ。全体的に洋風で、どこか、紗奈枝の家と似ているところがある。調度品は、亜紗子の目にも上等とわかる、外国製らしいものばかりだった。

おそらくこれも外国製だろうコーヒーテーブルの上の、カタログに目をやる。

待っている間見せてもらおうかと思ったが、勝手に見ていいものか、少し迷った。カタログはテーブルの上にあり、その前のソファで待つよう言われたのだから問題はない気もするが、行儀が悪いと思われるだろうか。

ちらちらとカタログの表紙を見ていたら、その下に、大判の封筒のような、紙の書類入れがあるのに気がついた。「東銀座探偵社」と社名が入っている。

(探偵社?)

普段目にすることも耳にすることもない単語だ。

亜紗子には想像もつかないが、社長ともなると、仕事上探偵ともつきあいがあるのだろうか。取引先の会社の調査とか?

そちらへ気をとられ、カップを見ないまま手を伸ばしたのがいけなかった。指先がカップの持ち手に引っかかり、あっと思ったときには遅い。

カップが傾き、残っていた紅茶がこぼれた。

慌てて左手でカップを戻し、右手でカタログと書類入れをつかんで持ち上げる。

幸い紅茶はテーブルの上でとどまり、絨毯《じゅうたん》を汚すまでには至らなかったが、勢いよくとりあげたせいで逆さになった書類入れから、ばさりと中身が床に落ちてしまった。

床は濡《ぬ》れていないから、拾うのは後でいいだろう。

とりあえずハンカチを取り出して、テーブルを拭《ふ》く。

紅茶の残りが少なくて、こぼれたのがハンカチで拭ける程度の量でよかった。

ハンカチも、絞らなければいけないほど濡れたわけではなかったので、濡れた面を内側にして畳み、からになった買い物かごの中に入れる。

証拠は隠滅したから、よその家で紅茶をこぼしたということは誰にも気づかれずに済むだろう。たぶん。

一安心して息を吐き、さて、と床に落ちたものを拾おうと屈《かが》みこむ。

幸い、書類入れの中身は紐《ひも》で綴《と》じられた紙の束だった。ばらばらの紙だったら、そこらじゅうに散らばっていたところだ。

封筒に戻そうと拾い上げて、その表紙の紙に手書きで書かれた文字が目に入る。

『皆川《みながわ》洋祐に関する調査報告書』

思いがけない名前に、凍りついた。

皆川洋祐。……洋祐？

探偵事務所の報告書にその名前があることの意味は、一つしか思いつかない。

亜紗子が紙の束を手にしたまま動けずにいると、応接室のドアが開いて、鈴岡が、客らしい男性とともに出てきた。

思わずそちらを見ると、鈴岡と目が合う。調査報告書を封筒に戻す暇はなかった。

亜紗子が報告書を手にしているのをはっきり見たはずだが、鈴岡はそれを咎《とが》めたりはしなかった。客を玄関まで送り、亜紗子には聞こえないよう小さな声で一言二言、言葉を交わし、ドアを閉める。

それから亜紗子の前へ来て、「待たせたね」と声をかけた。

「見られてしまったか」

そう言った声は、仕方がないとあきらめたような、その一方でなんだかほっとしているような、不思議な調子だった。

「ごめんなさい、あの、落としてしまったのを拾っただけで……」

「いいんだ。私が悪い。そんなところに出しておいたんだからね」

鈴岡は近づいてきて、亜紗子との間に一人分ほどの間を空け、ソファの端に座る。

亜紗子も、一緒に腰を下ろした。

「これ……洋祐さんのこと、調べたんですか？」

鈴岡は頷《うなず》いた。

「勝手にどうかと思ったんだが、どうしても気になってね。知り合いに頼んで……どういう結果でも、紗奈枝さんに伝えるつもりはなかったんだ。私が知っておきたかっただけだったんだよ。本当だ。紗奈枝さんが望まない限りは、伝えるつもりはなかった」

懺悔《ざんげ》でもするようにうなだれ、繰り返す。

鈴岡を責めることも、許すことも、亜紗子にはできない。

だから、ただ黙って聞いた。

紗奈枝に黙って彼女の夫を捜したことは、不適切な行為だ。

しかし、その気持ちはわからないでもなかった。洋祐が何故紗奈枝のもとへ帰ってこなかったのか、知りたいと思っていたのは亜紗子も同じだ。

本人が知りたいと望まない限り、紗奈枝が知る必要はないと思っていたが、亜紗子は知りたかった。

亜紗子が大人で、お金があって、調べてくれる知り合いがいたら――紗奈枝に伝えるかは別として――もしかしたら、鈴岡と同じことをしていたかもしれない。

「あんまりな結果だったから、何かの間違いじゃないかって、調べてくれた人に、もう一度確認をしたんだが……」

鈴岡は苦しげに眉《まゆ》を寄せ、唸《うな》るように言った。

まだ中は見ていないのだ、と言い出すタイミングを逃してしまったから、鈴岡は、亜紗子がもう調査報告書の内容を知っていると思っているのかもしれない。

あんまりな、とはどういう意味だろうか。

嫌な緊張で、心臓の音が速くなる。

鈴岡がしばらく店に出ず、紗奈枝の家を訪ねてくることもなくなったのは、調査結果と関係しているのだろうか？

「紗奈枝さんの家に、写真が飾ってあるだろう。何度も見たことがあったから、私も顔を覚えてしまった。写真を見てすぐに本人だとわかったよ。どちらも随分古い写真だが」

古い写真。調査報告書は一見して新しい——ごく最近依頼したものだろうに、写真が古いというのはどういうことだろう。

古い写真しか残っていなかったということは——やはり、洋祐はずいぶん前に亡くなっているということだろうか。しかし、それは調べる前から予想できていたはずだ。

よほどひどい亡くなり方をしたのだろうか。だとしたら、紗奈枝には絶対に言えない。

「私は馬鹿だったよ。調査の結果がどうでも、紗奈枝さんには伝えられないんだから、私だけが事実を知ったって辛《つら》くなるだけだった。知らなければよかったよ。でも、知ってしまったことは忘れられない。……本当は、一人で抱えているのは苦しかった」

鈴岡の目に涙が浮かんでいるのに気づいてどきりとした。

大人の男性が涙ぐんでいるのを見るのは初めてだ。

「亜紗子ちゃん、持っていってくれ。捨ててしまってかまわない。私には捨てられない」

身体を二つに折って腿《もも》の上に両肘《りょうひじ》をつき、鈴岡は顔の上半分を手で覆う。

「紗奈枝さんには、とても見せられない。相談した友人には、知らせたほうがいいんじゃないかと言われて、悩んだんだが……やっぱりだめだ。紗奈枝さんが、あんまりかわいそうだ」

亜紗子は書類入れごと報告書を持ち帰った。

紗奈枝の家に持って入ることはできなくて、家に入る前に書類入れを庭に隠してから空の買い物かごを紗奈枝に返し、帰るときに回収した。

紗奈枝には、鈴岡は調子が悪そうだったが、寝込んでいるわけではなかった、もうしばらく自宅で療養すれば回復すると言っていた、と適当な報告をした。

いつもより急いで帰る亜紗子を、紗奈枝は不思議そうに見ていたが、まさか鈴岡の家で洋祐の調査報告書を手に入れたとは想像もしていないだろう。

亜紗子は後ろめたさを感じながら紗奈枝宅を辞し、両親に見つからないよう書類入れを身体で隠して帰宅して、自分の部屋の勉強机の引き出しにしまった。

捨ててもいいと鈴岡は言ったが、中を見ないことには判断できない。

確認するつもりで預かったが、すぐには開いてみる覚悟がつかず、もたもたしている間に夕食の時間になってしまった。

洋祐は、どこで、どんな亡くなり方をしたのだろう。

事故や事件に巻き込まれたのだろうか。

遺体の写真などが載っているということはないだろう。そんなものを、鈴岡が亜紗子に渡すとは思えない。

つまり、あんまりだと鈴岡が言ったのは、内容だ。

両親と夕食を食べた後——報告書が気になって、少しも食べた気がしなかったが——亜紗子は意を決して、自室に入りドアを閉め、書類入れを開けた。

それほど厚みがあるわけではない報告書を取り出し、そっと開く。

最初のページに、古い顔写真が貼りつけてあった。紗奈枝に見せてもらったことのある写真と同じ、洋祐の顔だ。紗奈枝の家で見た写真より、年をとっているように見える。

その横に生年月日と——没年が書いてあった。

やはり亡くなっていたか、とまず思い、それから、おかしいと気がついた。

「亡くなったのが……五年前？」

思ったよりも最近だ。

紗奈枝が何年、洋祐を待っているのか、はっきりと聞いたことはないが、五年などでは足りないのは間違いない。

洋祐が五年前まで生きていたというなら、何故紗奈枝のもとへ帰ってこなかったのか。

写真の下に時系列で書いてある洋祐の略歴の、一番下を見ると、「肺炎のため死亡」とある。

そこからさかのぼり、亜紗子は短い報告書にまとめられた洋祐の人生をたどり始めた。

出生、入学、卒業、就職、結婚——

報告書を途中まで読んで、気がついたら、畳の上に座りこんでいた。

（嘘。嘘だ）

こんなことが、あるわけがない。この報告書が間違いなのだ。だって洋祐は、紗奈枝と愛し合っていて、二人は亜紗子の理想の夫婦で——

「亜紗子？　どうしたの？　何度も呼んだのに」

いつのまにドアが開いたのか、母親が部屋に入ってきていた。

亜紗子は報告書を手にしたまま、呆然《ぼうぜん》と振りむいて見上げる。

母親の目が、畳の上に落ちた書類入れに——表に探偵社の名前の書かれたそれに向いた。

＊　＊　＊

報告書を読んだ後、母親に聞かされるまで、亜紗子は、紗奈枝が洋祐と正式に結婚していなかったこと——入籍していなかったことを知らなかった。だからなおさら、報告書に書かれていたことの一つ一つに混乱した。

しかし亜紗子より当時の紗奈枝たちのことをよく知っている母親は、報告書を読んで、その意味をすぐに理解したらしかった。

皆川洋祐は、紗奈枝と出会う前からすでに既婚者だった。

紗奈枝はもちろん、知らなかったのだろう。籍は入っていなくても、自分と洋祐は夫婦だと思っていた。

紗奈枝の家族も、友人たちも、誰一人、洋祐の秘密を知らなかった。洋祐は何年もの間、隠し通していたのだ。

彼が仕事で家を空けることが多かったのは、こういうからくりだったのか、と、亜紗子の母は憎々しげに顔をしかめて言った。

洋祐は「お役目のために」旅立ち、それきり紗奈枝のもとへは戻らなかった。

皆が、彼は旅先で死んだものと思っていたが、そうではなかったのだ。洋祐は無事戻ってきた。ただし、紗奈枝の待つ家へではなく、本来の彼の自宅へ——法律上の妻のいる家へ。

彼は妻と子どもと幸せな人生を送り、五年前、肺炎で亡くなった。病院で、家族に看取《みと》られて。

洋祐が、どういうつもりで紗奈枝と夫婦の真似事をしていたのかはわからない。最初から遊びのつもりだったのかもしれないし、紗奈枝と恋に落ちて、離れがたくなってしまったのかもしれない。どちらにしても、もう、意味はなかった。確認のしようもない。

紗奈枝を一生ものの恋に縛りつけて、自分ひとり、別の家庭を作って人生をまっとうして、死んでしまった。

皆川洋祐は、残酷で勝手な男だった。

写真の洋祐は優しそうで、紗奈枝が語る思い出の中の彼そのものなのに。

報告書を読んだ母親が父親と相談して、紗奈枝に話をしに行くというのを、亜紗子は泣いて止めた。

紗奈枝がかわいそうだと言う亜紗子に母親は、知らないままでいるほうがもっとかわいそうだと応《こた》え、紗奈枝に真実を話すと言って譲らなかった。

大人の話だから、と言われ、亜紗子はついていくことを許されなかったから、彼らが紗奈枝にどう伝えたのか、紗奈枝が真実を聞いてどんな反応をしたのかはわからない。

その日の夜遅く、両親は疲れた様子で帰宅したが、何も話してはくれなかった。

その夜は眠れずに過ごし、翌日は学校から帰ってすぐに紗奈枝を訪ねようとしたのだが、「昨日の今日だから」と母親に止められた。

「きっと、一人になりたいはずよ。そっとしておいたほうがいいの」

実際に紗奈枝に真実を告げ、その様子を見ている母親にそう言われると、それを無視して押しかけるわけにもいかない。

しかし、いつまで一人にしておけばいいのか。

紗奈枝が一人で傷ついて、泣いて、いつか立ち直って普段通りの紗奈枝になるのを待てばいいのだろうか。

そんな日が来るのだろうか。

そばにいなくても、生きているかどうかもわからなくても、洋祐の存在は紗奈枝の支えだった。人生そのものだったと言ってもいいほどだ。

それが、夫婦であったことすら偽りだっただなんて――真実を知らされて、紗奈枝はどんなに傷ついただろう。

そして、彼女にそれを知らせてしまったのは、あの調査報告書なのだ。鈴岡が調べさせ、亜紗子が持ち帰った。

紗奈枝がどれほどのショックを受けたかを考えるとつらくて、申し訳なくて、紗奈枝の顔を見られない。

けれど、自分が顔を合わせづらいなどという理由で、紗奈枝を一人にするのは間違いだとわかっていた。

母親の言うとおり、少なくとも一晩くらいは、一人で考える時間は必要かもしれない。しかし、ずっと一人でいたら、よくないことばかり考えてしまうのではないかと不安だった。

自分だったら、と想像してみるが、紗奈枝は亜紗子ではない。想像してみるにも限界がある。

あまり時間を空けすぎると、ますます顔を見づらくなる。

母親の言いつけを聞いて、一日だけ待って、翌朝の土曜日、亜紗子は紗奈枝の家を訪ねることにした。

母親は、まだ早いのではないかと言いたげだったが、「一人で、思いつめたりしたらよくないし」と亜紗子が言うと、それ以上は何も言わなかった。彼女も、ありえないことではないと思ったのかもしれない。

紗奈枝は今、こまごまとしたことに気が回らなくなっているはずだから、亜紗子が役に立てることは色々あるだろう。ピアノ教室は、しばらく休んだほうがいいのではないか。今日はもともとレッスンのない日だが、明日以降の予定をキャンセルするなら連絡しなければならない。

いつも通り、家のことを手伝って、話し相手になるだけでも、少しは気がまぎれるはずだ。紗奈枝が話したくないなら、何も話さなくたっていい。気まずそうにしていたら、家事だけしてすぐに帰ればいい。紗奈枝が大丈夫そうか、それだけでも確認できればいい。

亜紗子は紗奈枝の家の合鍵《あいかぎ》を持っているが、いつものように勝手に入るのはなんとなくはばかられて、玄関の呼び鈴を押した。

返事はない。

水仕事をしているときなど、呼び鈴の音が聞こえにくいこともあるので、もう一度押してみる。

やはり返事はなかった。留守だろうか。出かけられる元気があるのならいいが、まさか中で倒れているようなことがあったら。

合鍵を出して鍵を開け、おそるおそるドアを開ける。

電気はついていなかった。

カーテンが閉まっているから薄暗いが、隙間から漏れる光で、部屋の中の様子は十分にわかる。

紗奈枝は居間にいた。

いつも生徒たちがそこでおやつを食べたり、次の生徒が前の生徒のレッスンが終わるまで待ったりしている、ピアノの後ろのソファに座っている。

いつもは姿勢よく、スカートの上に手を重ねて座っている彼女が、今日は背もたれに体を預けきり、ぼんやりと虚空を見つめていた。

部屋の中は静かで、呼び鈴の音が聞こえないはずがないのに、立ち上がろうとする様子さえ見せない。

たった一日で、紗奈枝は急に年をとったように見えた。

「紗奈枝、さん」

亜紗子がそうっと呼びかけると――聞こえてはいるらしい――紗奈枝はゆるゆると

首を動かしてこちらを見る。

「……ああ」

あさちゃん、と唇が動いた。

亜紗子を認識はしている、けれどそれだけで、いつものように微笑むわけでもなく、姿勢を正すこともなく、ソファに沈んだ格好のままでいる。

近づくと、酒のにおいがした。

この家で——紗奈枝から、酒のにおいがするなんて、初めてのことだ。

どくどくと心臓が鳴っている。緊張していた。指先が冷たくなっていた。

近づくと、テーブルの上に、いつもはガラス戸棚の中にあったブランデーの瓶が出ているのが見えた。その横にはグラスも置いてあり、グラスの底に琥珀色《こはくいろ》の線ができている。

紗奈枝が酒を飲んでいるところなど見たことがなかった。

何年も棚の飾りのようになっていた——来客用とばかり思っていた——瓶の中身は、半分ほどに減っている。もともと、どれくらい入っていただろうか。まさか一晩でこれだけ減ったわけではないと思いたいが。

「あの……ピアノ、生徒さん、お断りしようか。明日はトモちゃんと琴子ちゃんが来る日でしょ。私、電話するね」

亜紗子は居間の入り口のすぐ脇にある電話台に近づいた。紗奈枝に、半ば背を向ける形になる。今の紗奈枝を、しげしげと見るのははばかられた。

壁に貼られたカレンダーの日付の欄には、小さな字で、その日に来る予定の生徒の名前が書いてある。友美ちゃん、まきちゃん、かよちゃん、ゆうこちゃん、琴子ちゃん。

顔が浮かぶ子も、浮かばない子もいるが、生徒なら電話機の横の住所録に番号があるはずだ。明日来る予定なのが友美と琴子の二人、明後日《あさって》は三人。

紗奈枝にどれくらい休みが必要かわからないが、少なくとも、明日は無理だろう。

亜紗子が住所録をめくり、受話器をとりあげると、

「あさちゃんも知ってるのね」

後ろから、紗奈枝の呟《つぶや》くような声が聞こえた。

亜紗子は受話器を持ったまま、思わず振り返る。

「洋祐さんがいなくなってしまったわ。私の世界から消えてしまった。それだけでもどうしたらいいかわからないのに……ねえ、あの人は最初からいなかったんだっていうの」

紗奈枝は亜紗子のほうを見ていなかった。

さっきと変わらず、宙を見て、ぽつぽつと話す。

「最初からいなかったんだって……私に夫なんて。別の人のものだったって……」

「……紗奈枝さん」

亜紗子は受話器を置き、ソファに一歩近づいた。

「何も考えられないの。悪い夢みたい。――それとも、洋祐さんと過ごした日々のほうが夢だったのかしら」

私だけの夢だったのかしら、と言って、紗奈枝は一度ゆっくり顎《あご》を引き、数秒間うつむく。

それからつい と顔をあげ、

「あさちゃん、私をかわいそうだと思う？」

ようやく亜紗子のほうを見て訊《き》いた。

とっさに亜紗子が答えられずにいると、その返事を待たずに、紗奈枝は平淡《へいたん》な口調で続ける。

「私だってそう思うわ。なんてかわいそうで、滑稽《こっけい》なのって」

「そんな、そんなことない」

否定の言葉も、紗奈枝には届いていないようだ。聞こえてはいても、届いていない。

紗奈枝は、亜紗子の顔を見てすらいなかった。

そうよね、と、目と同じに虚《うつ》ろな声で紗奈枝は続ける。

「あの人に愛されたって、愛する人に愛される価値のある人間なんだって……そう信じて、その思いこみだけで生きてきたんだもの。全部嘘だったのに、存在しないものを支えにして、貴婦人ぶって……あさちゃんたちが見ていた私は、中身のないあぶくみたいなものだった」

そんなことない、と亜紗子はもう一度言ったけれど、涙声になっていた。届いていない。そんなことはない、絶対にないのに。

「ごめんなさい、紗奈枝さん、私……私が」

報告書を持ち帰って、母親に見つかって、そのせいで、紗奈枝が真実を知ることになってしまった。知らなくていいことだったのに。知らずにいれば、紗奈枝はこれまで通り、穏やかに微笑んで過ごせたのに。亜紗子の憧《あこが》れの紗奈枝のままだったのに。

紗奈枝は亜紗子の謝罪にはとりあわず、同じ姿勢のままで腕を伸ばし、ほとんど空になったグラスを爪の先で弾《はじ》く。

「あの人が好きだったお酒、私は紅茶に入れるくらいだったけど、そのまま飲んでも全然おいしくないのね。おいしくないのに、こんなに飲んじゃった」

「体に……悪いよ、きっと」

それに、紗奈枝には似合わない。

しかしそれを口に出すことはできなかった。こんなにも傷ついた紗奈枝に、まだ、凛《りん》とした花のようでいてほしいと願うのは亜紗子の勝手な押しつけだった。

泣かないでとも元気を出してとも言えない。

けれど、本当は、こんな状態の紗奈枝を見ているのはつらかった。

いつかあの紗奈枝が戻ってくるのか、それとも永遠に失われてしまったのか、そう思うと怖くて泣きそうになる。

亜紗子の様子をどうとったのか、紗奈枝は「がっかりでしょう?」と言った。

「でも私、どうでもいいの。あさちゃんに幻滅されても、もう、どうでも」

笑おうとしたらしく、紗奈枝の唇の端があがりかけてひきつる。

見たことのない表情に、また胸がぎゅっとなった。

「みっともないわね。ごめんなさいね。みっともないからやめようって思わない、それが一番みっともないわ。どうでもいいなんて」

でも本当に、どうでもいいの。

そう言って、紗奈枝は片方の手で顔を覆う。もう片方の手は力なく身体の横へ落ちたままだ。

「お酒を飲んで、眠って起きたら、全部忘れていたらいいと思ったの。でも覚えていたわ。頭が痛むだけだった」

息を吐きながら話す声は、とても疲れているようだ。当たり前だと思うが、話し方までいつもの紗奈枝ではない。それが落ち着かない。

「知らなければよかった。私はあの人に愛されたって、信じていられたら……私きっと、これからもそれだけで生きていけたのに。あの人を待っていられたのに。帰ってこなくたって、待っていることが生きがいだったの――あの人に愛された自分でいなければと思って、背すじを伸ばしていられた」

静かな声音は、悲しそうですらない。声に感情が乗っていないのだ。

紗奈枝が泣きわめく姿なんて見たくないと思っていたが、感情が消えてしまったかのようにぽつぽつと話す姿を見るのもつらかった。

「でも、もう、あの人を待つこともできない。どうやって生きればいいのかわからないの」

顔を覆っていた手を下ろし、紗奈枝は言った。

彼女は泣いてはいなかった。ただ、途方に暮れているようだった。

「最初から、生きてもいなかったのかもしれないわ。私は、あの人に愛されたことなんてなかった。私が私だと思っていた私なんて、どこにもいない」

気がついたら、涙が流れていた。紗奈枝ではなく、亜紗子の目から。

紗奈枝は何の反応も示さない。

紗奈枝の前で泣いたのなんて、小学生のとき以来だと思うが、優しくしてもらったのを覚えていた。

母親に叱られた、友達と喧嘩《けんか》をした、そんな理由で亜紗子が泣いていたら、大丈夫よ、あさちゃん、泣かないでと、紗奈枝は困った顔でそう言って慰めてくれた。

今は亜紗子が紗奈枝を慰めなければならないのに、かける言葉も見つからないのが悔しかった。どんな言葉も届かないだろうことも。

紗奈枝を取り返しのつかないほど傷つけた洋祐はもうこの世にいない。事実を確かめることも、真意を問いただすことも、恨みをぶつけることもできない。すべてはもう終わってしまったことで、どうしようもなかった。

紗奈枝はずっと信じていたものをただ否定され、放り出されたのだ。紗奈枝は、報告書を持ち帰った亜紗子を責めなかった。そのかわり、泣いている亜紗子を慰めもしなかった。意識してそうしているわけではなく、何も考えられないようだった。

亜紗子は涙を拭《ふ》いた。ここへは泣きに来たわけでもないし、慰めてもらいに来たわけでもない。

本当は、心のどこかで、許してほしくて来たところもあったかもしれない。その甘えを、反省した。

亜紗子は電話台の前へ戻り、明日のレッスンの予定が入っていた生徒たちの自宅に電話をかけた。それから台所へ行き、味噌汁《みそしる》を作って一人分をよそい、箸《はし》を添えて、紗奈枝の前に椀《わん》を置いた。

今の紗奈枝が食事をするとは思えなかったが、これくらいなら、おなかに入れてくれるかもしれない。

その間中、紗奈枝はずっとソファに座ったままだった。

「明日も来るから――ごはん食べて、ベッドで寝てね」

返事はなかった。

玄関のドアを閉め、家を出て、外から鍵《かぎ》をかけた。

その瞬間、足が震え出す。

紗奈枝は静かで、亜紗子が危惧《きぐ》していたように泣きわめいたり、亜紗子を責めたりはしなかった。しかしそれが、かえって恐ろしかった。

しばらく一人にしたほうが、と母親は言っていたが、そうしなくて本当によかった。

明日も明後日《あさって》も来よう、と決める。

時間がたてば、痛みは薄れていくかもしれない。けれど、痛みが薄れるほどの時間を、紗奈枝は耐えられるだろうか。

紗奈枝が死んでしまったらどうしよう。

とても口には出せなかったが、亜紗子はそれが本気で怖かった。

＊　＊　＊

亜紗子が生徒全員に電話をして、ピアノ教室は休みにしてもらった。

紗奈枝は具合が悪いのだと、生徒たちには説明した。見舞いに来たいという生徒もいたが、病気がうつってはいけないからと断った。

紗奈枝はあれから、一歩も家から出ていない。

ソファで寝ては風邪をひくと亜紗子に言われて、紗奈枝はベッドに入るようになったが、今度はほとんど起きてこなくなった。ベッドに入っていても、眠っているのかどうかもわからない。食事をほとんどとらないので、どんどん痩《や》せていった。

いつもきちんと手入れされていた肌や髪が乾いて荒れていくのを見ているのは、つらかった。紗奈枝だって、見られたくないはずだと思い、目を逸《そ》らすようにしていたが、今の紗奈枝はそれを気にする余裕もないようだった。

毎日、紗奈枝が生きていることを確かめるために家に通った。

雑炊やスープ、果物など、食べやすそうなものを彼女の前に置いて帰り、翌日、ほとんど手がつけられていないことも多いそれらを片づける。そんなことを繰り返した。

一度、慎一が様子を見に来てくれたが、やはり家の中には入れないようにした。

今の紗奈枝を人に見せたくなかった。どれくらい時間がかかるのかわからないが、紗奈枝が回復したときに本人が困らないようにと思ったのだ。

事情を知っているのは、亜紗子と、亜紗子の両親と、鈴岡だけだ。

鈴岡には、店に買い物に行ったとき、紗奈枝が報告書の中身を知ってしまったということだけ伝えた。鈴岡は泣き出しそうな顔で、そうか、と言い、深々と頭を下げて、本当に申し訳ないと謝った。

紗奈枝が知りたくなかった真実を勝手に調べたのは鈴岡だが、それを紗奈枝に知られてしまったのは亜紗子のせいだ。亜紗子には鈴岡を責める権利はなかった。自分たちは共犯者のようなものだった。

とりかえしのつかないほど、紗奈枝を傷つけてしまった。

償い方もわからない。できることなら、時間を戻してやりなおしたい。そんな、叶《かな》いもしないことを考えてしまう。

「紗奈枝さんの具合はどう？　もう、一週間もピアノ教室を休んでいるって聞いたけど」

鈴岡の店へ行くと、珍しく慎一が店番をしていた。

心配そうに訊《き》いてくるところを見ると、どうやら、鈴岡から話を聞いてはいないようだ。「鈴岡さんも、まだ体調が優れないみたいだけど」と続けて、表情を曇らせている。

亜紗子は、「まだ調子が悪そう」とだけ言って、棚からとった品物を慎一に渡す。それから、冷たく聞こえたかもしれない、と思い、「鈴岡さんも、早くよくなるといいね」と付け足した。

慎一が品物を袋に入れてくれるのを待っていると、小学生くらいの少女が二人、連れ立って店に入ってきた。

鈴岡商店は輸入物が多くて珍しいので、見るだけでも楽しいし、外国製のお菓子で、箱が傷んだものなどを開封して、中身だけばら売りしたりもしているので、子どもの客も珍しくはない。

見ると、二人とも紗奈枝のピアノ教室の生徒たちだ。友美と、琴子。

何の話をしていたのかはわからないが、学校で何か失敗でもしたのか、しょんぼりした様子の琴子に、友美がお姉さんぶった口調で言うのが聞こえる。

「――記憶屋に頼めばいいのよ。消してもらってすっきり、そしたら、くよくよしなくなるよ」

「トモちゃん、最近記憶屋の話ばっかりだね。怖い話嫌いだったのに」

「だって、怪人赤マントなんかより怖くなくて、やさしいでしょ。嫌なことを忘れさせてくれるんだもん。お母さんがね、怪人は悪いのばっかりじゃないのよって教えてくれたの」

琴子のほうが先に亜紗子に気づき、ぺこりと頭を下げる。友美も、「こんにちは」と元気よく挨拶《あいさつ》をしてくれた。

「紗奈枝先生、大丈夫？」

「うん。でも、もうしばらく、お休みしなきゃだめみたい」

二人は、神妙な顔でうなずく。

紗奈枝は生徒たちに慕われている。友美は以前、間違えると手を叩《たた》く先生にピアノを習っていたこともあったそうで、紗奈枝は怒らないで優しく教えてくれるから好きだと話していた。

純粋に紗奈枝を心配しているだろう友美たちに嘘をつくのは心苦しかったが、本当のことは言えない。今の紗奈枝に会わせるわけにもいかなかった。

「お見舞いはだめでも、おうちに入らなければいいんでしょう？　今度折紙のお花を持っていくから、亜紗子ちゃん、紗奈枝先生に渡してくれる？」

「もちろん。紗奈枝さんもきっと喜ぶよ」

彼女たちの目が菓子の棚へ向いたので、亜紗子はほっと息を吐く。

いつまで嘘をつかなければならないのだろう。

いつかは、紗奈枝が元気になり、またあの家でピアノ教室を再開できる日が来るのだろうか。今は、そんな日が来ることが想像できなかった。

「記憶屋かあ……」

知らず、さきほど聞いたばかりの名前が口からこぼれていた。

嫌な記憶を消してくれるおばけだと、以前友美が話していた。

妖怪《ようかい》か何かなのだろうが、そんな都合のいいものがもし本当にいたら、亜紗子は迷わず願うだろう。

「ほんとにそんなおばけがいてくれたらいいのに……」

そんな情けない泣き言を、慎一はしっかり聞いていたらしい。何か言いたげにこちらを見るのに、慌てて何でもないと首を振り、亜紗子は商品の代金を払った。

「亜紗子ちゃんも記憶屋に会いたいの？　お母さんに聞いてあげようか」

こちらも呟《つぶや》きを聞いていたらしい。自分の好きな話題に亜紗子が興味を示したことを純粋に喜んでいる様子の友美が、笑顔で訊いてくる。

その無邪気な提案に苦笑して、亜紗子は「そうね」と応《こた》えた。

本当にそんなものがいればよかったのだけれど——

「記憶屋？　なんだか懐かしい話をしてるねえ」

ちょうど店に入ってきた女性客が、そんなことを言った。

もう一人、同年代の女性と一緒だ。友人同士が連れ立って買い物に来たらしい。年齢は、二人とも、五十代半ばくらいだろうか。

慎一が、いらっしゃいませ、と声をかけた。

「ご存知なんですか？」

「おばちゃんもおばけ好きなの？」

「記憶屋はおばけじゃないよ。まあでも、怪人なんておばけみたいなものかしらね」

そうねえ、と一緒にいたもう一人も笑う。

「そういえば最近は聞かないね。昔はありがたがられていたけど」

「記憶屋が出ないってことは、平和になったってことだね」

「まあねえ」

何やら二人で楽しげに話している。

最近子どもの間で流行《はや》っている怖い話なのだろうと思っていたが、彼女たちの年代が「懐かしい」と言うということは、記憶屋というのは、相当古い——民話か伝承のようなものなのだろうか。

「記憶屋って、怖い話……ですよね？　昔からある話なんですか」

「怖い話って感じじゃないけどね。どこどこの家の誰かが記憶屋に記憶を消してもらったらしい……って、噂になることが何度かあったね」

亜紗子が尋ねると、女性客は少しも迷惑がらず、むしろ嬉々《きき》として話してくれる。

「割合新しい話だと……それでも何年前かわからないけど、悪い男に手ひどく捨てられた娘さんがいてね。自殺をはかったけど死に切れなかったその子が、記憶屋に頼んで記憶を消してもらったって、そんな話だったよ」

その子はその後、幸せな結婚をしたのよ、と、もう一人のほうが付け足した。

「今じゃ、もう、どこの誰が、って話も聞かなくなって、たまーに誰かが物忘れをしていると記憶屋が出たねってからかったりするくらいね」

亜紗子の身内には、そういう噂話を好む人間がいなかったからか、亜紗子はそういった言い回しを耳にしたことはない。しかし、記憶屋という存在は、子どもたちの間で最近流れ出した噂というわけではなく、随分昔からこのあたりで語られているものであるらしかった。それも、実在する誰かの記憶喪失に絡めて。

「記憶屋って……本当にいるんですか」

口に出した後で、笑われるだろうかと不安になったが、女性たちは馬鹿にすることなく、「そりゃあ、魔法みたいに記憶を消すだの、食べるだのっていうのは大げさにしてもね」と言って頷《うなず》いた。

「実際に記憶を消してもらった人のことを聞いたから、何かはいたんだろうね。私は、千里眼とか念写とかみたいな、そういう能力の一種なんだろうと思っていたけど」

記憶屋。嫌な記憶を消してくれる怪人。

いかにも怪しげだが、彼女たちは、それが子どもの作り話ではなく、実在するものだという。

不思議な力を持った人間なのか、妖怪変化《へんげ》の類《たぐい》なのか、なんのために、どうやって記憶を消しているのか、そんなことはどうでもいい。

信じるなんてばかばかしいと、頭のどこかで思うけれど、それを打ち消す強さで、信じたいと思っていた。縋《すが》らずにはいられなかった。

もしもの話だ。もしも本当に、実在するなら。

(紗奈枝さんの記憶を消せる？　全部、なかったことにできる？)

亜紗子は、買い物かごの持ち手を強く握りしめていた。

「亜紗子ちゃん」

名前を呼ばれて、はっとする。

慎一が、困惑した表情でこちらを見ている。

店の中で、客同士があまり立ち話をしても迷惑だろう。買いものを終えた亜紗子がいつまでも居座っているわけにはいかない。

亜紗子は慎一に礼を言い、女性客たちに挨拶をして、店を出た。

友美と琴子も、店頭のばら売りの飴《あめ》を一つ二つ選んで買って、亜紗子と一足違いに店を出て行った。亜紗子は通行人の邪魔にならないよう電信柱の陰に立って、少女たちが連れ立って去っていくのを見送る。

そのまま少しの間待っていると、店から、先ほどの女性客二人が出てくる。

亜紗子は、彼女たちが店から離れるのを待って追いかけ、曲がり角の前で呼びとめた。

＊　＊　＊

駅の伝言板に、チョークを使って伝言を書いた。

鈴岡商店で聞いたとおり、記憶屋に宛てたメッセージだ。

駅舎のベンチは緑色だったので、ちょうどいいと思い、そこに腰を下ろす。

記憶屋の噂に詳しい女性たちが言うには、記憶屋は夕暮れ時になると、緑色のベンチに座って待つ人間の前に現れるのだそうだ。駅の伝言板に名前と、会いたい旨の伝言を残すと、記憶屋のほうが見つけてくれるという話も聞いた。

この駅でなら、両方試すことができる。

罪滅ぼしに、紗奈枝のために、何かしたいと思うのに、亜紗子にできるのは、食べてもらえない食事を用意したり、無事を確認するために紗奈枝の顔を見に行ったりすることくらいだった。それが気休めでしかないことは亜紗子自身もわかっていたけれど、それではどうすれば以前の紗奈枝を取り戻せるのか、見当もつかなかった。

だから、たとえ荒唐無稽《むけい》な噂話でも、希望を見せられれば縋るしかなかった。

何かすることがあるのは、それだけで救いになる。

日が傾き始めてから、暗くなるまで待ったけれど、何も起こらなかった。

亜紗子は、伝言板の文字はそのままにして家に帰り、翌日も、紗奈枝の家に寄った後、駅のベンチで記憶屋を待った。

＊　＊　＊

「亜紗子ちゃん」

駅のベンチに座るようになって三日目、日が落ち始めたころだった。

ああ今日もこれで終わりか、と亜紗子がため息をついたちょうどそのとき、声をかけられた。

顔をあげると、立っているのは慎一だ。

「待ち合わせ？」

「……うん」

亜紗子ちゃんと呼ばれた時点で記憶屋が来たわけではないのはわかっていたが、自分で気づかないうちに、がっかりした表情をしていたのかもしれない。

慎一は困ったように眉《まゆ》を下げてから、離れたところにある伝言板に、ちらっと目を向けて言った。

「あんなところに、名前を書いたらだめだよ。記憶屋じゃなくて、あやしい奴らが近寄ってきたらどうするんだ。記憶屋のふりをして近づいてきたら、亜紗子ちゃんはついていってしまいそうだよ」

そのまま、少し間をあけて、亜紗子のとなりに座る。

もう帰ったほうがいいと言われるとばかり思っていたので、少し意外だった。

彼は偶然、駅の前を通りかかって、亜紗子を見つけたのだろうか。もしかしたら、探してくれたのかもしれない。店でのやりとりを見て、亜紗子が記憶屋に会おうとしていることに気がついて、心配して。

「記憶屋の話、慎一さんは知ってる？」

亜紗子が尋ねると、慎一は「お客さんが話しているのを聞いたからね」と頷く。

「妖怪《ようかい》なんだか神通力のある人間なんだか、怪しげな機械を持った科学者なんだか、いろんな説を聞いたけど……自分が実際に会った、って人はいないんだ。三丁目の誰々さんの記憶が消えたらしい、って噂があるだけで。眉唾《まゆつば》だよ」

「……わかってるけど」

亜紗子だって、そんな都合のいい怪人が実在するわけがないことはわかっている。それでも、魔法のように記憶をきれいさっぱり消すことはできなくても、噂のもとになった何かが実在するのなら——紗奈枝を助けてくれるのではないかと、そう思ったのだ。

ほかにできることがないから、どんなに怪しい噂話でも、小さな可能性にでも縋りたかった。

うつむいた亜紗子に、慎一は慌てて、ごめん、と謝る。

「俺が口出すことじゃないんだろうけど……でも、心配なんだ。亜紗子ちゃんがそんなに思いつめてること自体も、十代の女の子が毎日、日が暮れるまでこんなところに一人でいるのも」

座ったまま身体ごと亜紗子のほうを向いて、真剣な表情で言った。

「記憶屋のこと、俺はただの噂話だと思っているけど、亜紗子ちゃんがそれを信じてることにつけこんで、よくないことを考えて近づいてくる奴がいるかもしれない。それに、噂の元になったような正体のわからない怪しい何かが実在するなら、もっと危険だ」

本気で心配してくれているのが伝わってくる。涙が出そうだった。

自分のしたことを後悔して、これからどうなるのか考えると怖くて、誰かに助けてほしかったけれど、誰にも相談できなかった。懺悔《ざんげ》することもできなかった。

存在するかもわからないものにでも頼りたいほど不安で仕方がなかった。

事情も知らずに自分を気遣ってくれている慎一に亜紗子は、ありがとう、でも大丈夫、と言うべきだった——言うつもりだったのに、口を開いたら、言葉と同時に涙が溢《あふ》れてきた。

「妖怪でも超能力者でも科学者でも、なんでもいいの。紗奈枝さんを助けてくれるならいいの」

両手で顔を覆う。言うはずではなかったことを言ってしまったけれど、一度こぼれ始めた言葉も涙も止まらなかった。

しゃくりあげながら、私のせいなの、ごめんなさい、と繰り返す。

突然泣き出されてさぞ驚き、困惑しているだろうと思ったのに、慎一は黙って宥《なだ》めるように亜紗子の肩を撫《な》でてくれた。

そして、亜紗子がようやく落ち着き始めたころ、静かに言った。

「紗奈枝さんは、病気じゃないんだね」

亜紗子は慎一にすべてを打ち明けた。

鈴岡が洋祐の動向を調べさせたこと、その結果わかった残酷な事実を紗奈枝に伝えることができず、処分してくれと預かった報告書を親に見つかったこと。紗奈枝が壊れたようになってしまったこと。

慎一は、何も言わずに聞いてくれた。

「あんな紗奈枝さんは見たくないし、いつもの紗奈枝さんに戻ってほしい。私のせいだから、私が何とかしなきゃって思うけど、私じゃ……私には何もできなくて」

紗奈枝がああなってしまったのは自分のしたことのせいなのに、見ていられない、なんて勝手だと自分でもわかっている。亜紗子が辛《つら》いことなんて、問題ではないのだ。

亜紗子などとは比べものにならないほど、紗奈枝こそが苦しんでいる。どれだけ辛いだろう。これまでの人生すべてを捧《ささ》げるくらい愛していたただ一人の人に裏切られていたという事実も、それによって自分が、それまであろうとしてきた自分を保てないでいることも。

いつか紗奈枝の傷が癒《い》える日が来るとしても、それには、紗奈枝が洋祐を愛して待ち続けたのと同じだけの時間がかかるのではないか。それは、亜紗子からしたら、途方もないほどの時間だった。

「それで、記憶屋に紗奈枝さんの記憶を消してもらおうと思ったのか」

亜紗子が頷《うなず》くと、慎一は眉を寄せ、口をつぐむ。

言葉を探しているようだ。彼が、記憶屋に会うことに賛成していないのは一目でわかった。

記憶屋なんて作り話で、どれだけ待っても誰も来るはずがない。そう言われるかもしれない。

そう言われても、待つつもりだった。いるという確かな証拠もないけれど、いないと決まったわけでもない。他に手がない以上、紗奈枝を助けてくれるかもしれないなら、どんなに細い藁《わら》にでも縋《すが》りたかった。

「記憶を消せる怪人なんて、存在自体怪しいけど……実在するとしたら、そんなに簡単に姿を現さないんじゃないかな。亜紗子ちゃんがここで記憶屋を待っていても、望んだものに会える可能性より、危険な目にあう可能性のほうがずっと高いと思う」

記憶屋なんているわけがない、という強い否定から、遠回しな言い方にはなったが、慎一はやはり、亜紗子が記憶屋を探すことに反対の態度を崩さない。

亜紗子から目を逸《そ》らさず、諭すように言った。

「記憶屋が、本当にいたとして……噂の通り人の記憶を消すことができるとしても、それが本当にいいことなのか、考えてみたほうがいい。一度消したら、記憶は二度と戻らないかもしれないよ」

「だって、あんな辛い記憶なんて戻らなくたって」

慎一はゆっくりと首を振った。

「確かに、ひどい話だけど……紗奈枝さんは本当のことを知っただけだ。そのせいで、夢の中に生きることはできなくなってしまったけど……どんなに残酷でも、それが現実なんだ。きっと時間はかかるだろうけど、乗り越えるしかないって、俺は思う。消してしまう方法なんて探すより」

「乗り越えるなんて、どうやって。紗奈枝さんはごはんも食べないし、眠っているのかもわからないんだよ」

反論する声は、途中からまた涙声になった。

肩にあった慎一の手が離れる。

慎一はあの紗奈枝を見ていないから、こんなことが言えるのだ。

「今はショックを受けているだろうけど、これから現実を見て……前を向くために、今そばにいる人たちが支えて……」

「そんな強い人ばっかりじゃないよ」

簡単に言わないでと、叩《たた》きつけるように言った。

叶《かな》うなら、大事な人には、元気で、笑っていてほしい。夢の中に生きていたっていいから、幸せでいてほしい。

けれどそれが叶わないなら——せめて、生きていてほしい。

「紗奈枝さん、死んじゃうかもしれない」

言ってしまった。

おさまりかけていた涙が、また流れ出す。

毎日紗奈枝の家に行くのは、生きていることを確かめるためだった。

ドアを開けたら、紗奈枝が死んでしまっているのではないかと、いつも怯《おび》えている。

紗奈枝がベッドの中にいて起きてこないときは、そっと近くまで行って、息をしているかどうかを確かめる。

紗奈枝自身が自らに手をかけることはなかったとしても、ある朝ふっと呼吸を止めてしまう、目覚めなくなる、ということが起こりうると思っていた。そう思うだけの危うさが、今の紗奈枝にはある。

だから毎日、怖くて仕方がない。

「どうなったって、紗奈枝さんが死んじゃうよりはずっといい」

駅のベンチで顔を覆って激しくすすり泣く亜紗子が落ちつくまで、慎一はそばにいてくれた。

慎一が悪いわけではないのに、困らせてしまった。子どものように泣いて。

すっかり日が落ちてしまってからようやく泣き止んで、「取り乱してごめんなさい」と大人らしく謝ろうと思ったのに――目が合った瞬間に慎一が、悲しそうな顔でごめんね、と言うから、亜紗子はまた泣きそうになった。

＊＊＊

翌日、亜紗子が学校から帰宅し、紗奈枝を訪ねるために家を出ると、紗奈枝の家へ行く途中の道で慎一に会った。

偶然ではなく、彼はどうやら、亜紗子を待っていたらしい。

亜紗子を心配して——あるいは、馬鹿なことは考えるなと改めて説得するために、待っていたのだろうか。昨日の今日だから、少し気まずい。

亜紗子は今日も、紗奈枝の顔を見た後で駅に行くつもりだった。

「紗奈枝さんのところに行くの？」

亜紗子が頷くと、慎一は手を伸ばし、亜紗子の提げていた、紗奈枝への差し入れの入った買い物かごの持ち手をとる。

荷物を持ってくれるということだろうか。戸惑いながら亜紗子が手を放すと、慎一は「よし」というように笑顔になった。

「今日は、俺が紗奈枝さんの様子を見てくるよ」

「えっ」

「亜紗子ちゃんは、ちょっと休んだらいい。買い物の必要があれば俺が行ってくるし」

「でも……」

あの状態の紗奈枝を、他人に見せることには抵抗がある。紗奈枝だって、見られたくないだろう。今の彼女はそんなことを気にする余裕もないかもしれないが、いつか元の紗奈枝に戻ったら、思い出してきっと恥ずかしく思うだろうし、後悔する――

（いつか元に戻ったら？）

そんな日が本当に来るのかどうかわからないのだということに気がついて、また、不安が沸き上がった。

紗奈枝が一人家にこもって誰とも会わなくなって、もう二週間経っている。亜紗子が通って世話をしているので、かろうじて生活はできているが――最低限の食事をして眠っているだけで、生活をしていると言っていいのかはわからないが――、他人に会わない、他人の目を気にしないという毎日に慣れてしまっては、社会性は失われるばかりだ。

このままの状態で時間がたてばたつほど、紗奈枝はますます外に出にくくなってしまうだろう。

今のうちに――本当に誰とも会えないような状態になってしまう前に、無理やりにでも他人と会わせておいたほうがいいのかもしれない。

「荒療治とまではいかないけど、ちょっと刺激を与えてみるのもいいんじゃないかな」

亜紗子の考えを読んだかのように、慎一は言葉を重ねる。

「亜紗子ちゃんは身内だから、紗奈枝さんも甘えて、弱っているところを見せられるんだろうけど……俺が行ったら、紗奈枝さんはもしかしたら、表面だけでも取り繕おうとするかもしれない。空元気でも何でも、平気なふりを一度したら、自分を立て直すきっかけになるんじゃないかと思うんだけど」

一理あるかもしれない、と亜紗子も思った。

今の紗奈枝が他人の目を気にするようなら、社会性が失われていないということだ。それを確認することは意味があるし、紗奈枝が社会とのつながりを取り戻すきっかけとなるかもしれない。

身内である亜紗子や、亜紗子の両親にはできないことだ。

慎一はもともと紗奈枝と親しくて、こんなことになる前は家にも出入りしていたし、紗奈枝にとっても抵抗は少ないだろう。

「じゃあ、私も一緒に……」

「それじゃ意味がないよ。亜紗子ちゃんに休んでほしくて、今日だけ交代するって言ってるのに」

慎一はそう言って苦笑する。

「それに、亜紗子ちゃんが一緒だと、なんていうか、リハビリさせようっていう意図が透けて見えちゃうだろう。いきなり俺が訪ねていったほうが、荒療治としては効果があると思うな」

それは、そうかもしれない。

もしも、親しいとはいえ他人である慎一の前でも、紗奈枝の様子が少しも変わらなければ、いよいよ事態は深刻ということになる。けれど少しでも、紗奈枝が反応すれば——それが拒絶であっても、望みはある。

これが、紗奈枝が立ち直るきっかけになればいい。

亜紗子は意を決して、紗奈枝に差し入れるつもりだったものと鍵《かぎ》を慎一に預けた。

慎一とは、鈴岡の店と紗奈枝の家の中間地点にある駄菓子屋で待ち合わせることになった。

自分は身内ではないから、紗奈枝に拒絶された場合や、彼女が寝室にいて出てこなかったような場合は、テーブルに差し入れを置いてすぐ帰る、と慎一は約束してくれた。

夕方になると子どもたちでにぎわう駄菓子屋の店先には、木箱に布をかけただけの簡易な椅子が並んでいて、座って休めるようになっている。亜紗子はそこでラムネを飲みながら、慎一を待った。

今日は紗奈枝の家に行かなくていい、と思うと、ほっとしている自分がいる。慎一には、見抜かれていたのだろう。確かに、たった一日解放されただけで、亜紗子は明らかに心が軽くなったのを感じていた。

ああなってしまう前は、紗奈枝の家に通うのが楽しみだった。

今は、責任感と罪悪感から通っている。

二週間でこんなに疲弊しているのだから、いつまでも続けることはできないかもしれない。紗奈枝がこのまま変わらなかったら、いつか自分は、紗奈枝を疎ましく思うようになるかもしれない。あんなに好きだったのに、今も好きなのに、そしてあんなふうになるまで紗奈枝が傷ついたのは自分のせいでもあるのに。

自分の身勝手さが嫌になる。

自己嫌悪に涙が滲《にじ》んだが、昨日慎一の前で大泣きしてしまったばかりだからこらえた。

紗奈枝の家からこの駄菓子屋までは徒歩数分の距離だから、何かあったらすぐに慎一が知らせに来てくれるはずだ。しかし、慎一が大慌てで駆けてくる……というような気配は、今のところない。

ということは、慎一は家にあがり、紗奈枝と話をすることができたのだろうか。少しずつ少しずつ、最後の半分は舐《な》めるように飲んでいたラムネの瓶が空になるころ、慎一が現れた。

彼には似合わない買い物かごを提げ、何だか変な顔をしている。紗奈枝に何かあったなら、もっと慌てた様子だろう。緊急事態ではないらしいと分かって安心する一方で、慎一の表情の意味が気になった。

どうだった？　会えた？　と亜紗子が尋ねる前に、慎一は空になった買い物かごを亜紗子に渡し、言った。

「紗奈枝さんは、いつもと変わらなかったよ」

「え？」

慎一は店の中に入ると、店番の老婆に小銭を渡して、氷水に漬けてあるラムネを一本とった。濡《ぬ》れた手を振って水を飛ばしてから、亜紗子の隣に腰掛ける。

彼自身も困惑している様子だ。

「いつもっていうか、俺の知っている紗奈枝さんだった。俺の前にも、来客があったみたいだったし……」

「来客？　紗奈枝さんが誰かと会ってたってこと？　だって……」

紗奈枝は、客をもてなせるような状態ではないはずだ。それどころか、自分で玄関のドアを開けることすらしない。少なくとも、昨日まではそうだった。亜紗子は鍵を持っているから自分で鍵を開けて入っていたが、数日前、試しに玄関の呼び鈴を鳴らしてみたときも反応はなかった。

いったい誰が。

「元の紗奈枝さんに、戻ったってこと……？」

「俺は、その、元の紗奈枝さんじゃない紗奈枝さん、を見ていないから何とも言えないけど……おかしなところはなかったと思う」

「本当に……？」

「うん。確かに、ちょっと痩《や》せたなとは感じたけど、元気だった。表情も明るかったよ」

昨日の今日で信じがたくはあるが、立ち直ったのだろうか。

もしくは、慎一の前だから、そのときだけ紗奈枝が平気なふりをして見せたのだろうか。慎一の前にも誰かと会っていたということは、その人とも会って話せる状態だったということになる。

慎一の言ったとおり、紗奈枝は亜紗子が身内だから甘えていただけで、人前では取り繕ってこれまで通りに振舞うことができるのだろうか。もしそうであれば、思っていたほど危険な状態ではなかったということだ。

昨日までは本当に打ちひしがれていたが、他人が訪ねてきたことが刺激になって目が覚めたのだとしても、それならそれでいい。

いずれにしても、慎一に行ってもらったのは正解だった。

紗奈枝が、元に戻った。今紗奈枝の家に行けば、元通りの、亜紗子の憧《あこが》れた、あの紗奈枝に会えるのだ。

じわじわと嬉《うれ》しさが湧いてくるが、まだ、信じがたい気持ちもある。

慎一が嘘をついているとは思わないが、自分が行っても同じとは限らない。紗奈枝の状態には波があるのかもしれない。

すぐにでも行って、この目で確かめたい。

亜紗子はすっかり乾いてぬるくなった空のラムネ瓶を空き瓶入れの箱へ戻し、そわそわと、色の変わり始めた空と店の壁にかかった時計とを見比べる。

今から訪ねたら、さすがに怪しまれるだろうか。

亜紗子の都合が悪いから、という口実で慎一に差し入れを届けてもらったのに、その直後に亜紗子が訪ねて行ったのでは、いくらなんでもあからさまな気がする。

それでもやはり、気になった。

この二週間、自分の見ていた紗奈枝のほうが幻で、ひどい現実に紗奈枝が傷つけられたということ自体が間違いで——もしそうだったら、どんなにいいか。

「紗奈枝さんが誰と会っていたか、わからない？　鈴岡さんじゃないよね」

入れ違いになったのなら、その相手を見かけなかったのかと亜紗子が尋ねると、慎一は「さあ」と首をひねる。

「途中の道で、小学生くらいの女の子とすれ違ったくらいかな。ピアノ教室の生徒がお見舞いに来たのかなと思ったけど、声はかけなかったよ」

「生徒たちには、紗奈枝さんは病気で、移ったらいけないから来ないようにって言ってあるの。だから、違うと思う」

自分が弱っているときに生徒が来たのなら、紗奈枝は家にあげないだろう。だから、生徒に慰められて立ち直った、というわけではないはずだ。

今日、慎一の前に紗奈枝と会っていたのが生徒だったとしたら、紗奈枝は生徒が訪ねてきたときにはすでに元気になっていた、ということだから――紗奈枝が元気を取り戻すきっかけがあったとしたら、今日の朝か、昨日の夜、亜紗子が帰った後ということになる。

しかし、あそこまで――誰の手も届かないほど深く沈んでしまっていた紗奈枝を、誰かがどうにかして引き上げたというのが信じられない。想像もつかなかった。そもそも、紗奈枝が元気になったということ自体、慎一の話を聞いた今でも、半信半疑だ。

慎一は慎一で、亜紗子に聞いていた話と随分様子が違っていたことに困惑している

ようだった。昨日までは本当にひどい有様だったのだと亜紗子が説明しようとすると、

「わかってる、それは疑ってないよ」と慎一は慌てて否定した。

「紗奈枝さんが、命の危険を感じるくらい危うい状態だったってことは信じてるよ。昨日の、亜紗子ちゃんの様子を見ればね……だから俺もびっくりしてるんだ」

昨日、駅で大泣きするのを見られたのだった。思い出して恥ずかしくなってきたが、とりあえず、すべてが亜紗子の妄想だったと疑われてはいないようでほっとする。

「でも、どんな理由でも、紗奈枝さんが立ち直った……立ち直りかけているなら、いいことだもの。安定した状態が続くといいけど……あんまり刺激しないようにして、しばらく様子を見てみる」

「そうだね」

慎一が言っていたとおり、身内ではなく他人の前だったから虚勢を張ったのかもしれない。それでも十分だった。表面上だけでも元気なふりをして、人と接することができるなら、きっとこれから回復していくだろう。

しかし、まだ油断はできない。しばらくは、一人で外には出さないようにして——洋祐の話もご法度だ。鈴岡や両親にも伝えておかなければ。

慎一の見たものが幻ではありませんように、本当でありますように、と亜紗子は祈りながら、慎一がラムネを飲み終わるのを待った。

慎一と別れた後、どうしても気になって、亜紗子は紗奈枝の家を訪ねた。

慎一に様子を見に行かせて、その後で確認のために寄った……というのが見え見えでは、紗奈枝もいい気がしないだろう。どういう理由をつけようかと、考えながらドアの前に立つ。

忘れ物をしたかもしれない、とでも言えば怪しまれないだろうか。いつかの髪留めのように、亜紗子が紗奈枝の家に持ち物を置いていってしまうのは珍しいことではないから、それなら自然かもしれない。

明日まで待てばいいのだろうが、我慢ができなかった。

確かめてほっとしたい。自分の目で見るまでは信じられない。

期待に胸をふくらませて駄菓子屋から走ってきたのに、家が近づくにつれ、不安のほうが大きくなり始めた。

慎一が見たものが何かの間違いで、やっぱり、紗奈枝は昨日と同じ状態だったら。

慎一の前で虚勢を張った反動で、むしろ昨日よりももっとひどい状態になっていたら――そんな嫌な想像をしてしまい、亜紗子はドアの前まで来て、呼び鈴を押すのをためらった。

ドアに耳を近づけてみたが、中の気配などわかるはずもない。息を吐いて、覚悟を決める。

反応がなかったときのために鍵《かぎ》を用意してから、亜紗子はもう一度深呼吸をして、玄関の呼び鈴を押した。

はあい、と声がして、少ししてから、ドアが開く。内側から。

「あら、あさちゃん。いらっしゃい」

ドアを開けたのは、紗奈枝だ。

髪をすっきりと一つにまとめ、ブラウスの袖《そで》を肘《ひじ》までまくりあげて、エプロンをつけていた。水仕事をしていたのだとわかる。

慎一の言ったとおりだった。

あれから痩せてしまったし、顔色もよくはないが――表情は明るい。

ああなる前の、紗奈枝だった。

たった二週間のことなのに、笑顔の紗奈枝を最後に見たのが、随分前だったような気がした。

胸に懐かしさがこみあげ、同時に、頭は混乱する。

亜紗子は昨日までの紗奈枝の様子をはっきりと覚えているのに、紗奈枝は何もなかったかのような顔でそこにいた。

何か言わなければ、と思うのに言葉が出てこない。

紗奈枝は、どうしたの、と不思議そうに亜紗子を見て首をかしげた。

「ううん、……その、忘れ物……してないかなって思って。捜してもいい？」

「もちろん。何を忘れたの？」

「ええと、……髪留め」

また？　と言って、紗奈枝は笑う。

亜紗子が家の中に入り台所のほうへ目をやると、流し台の上、水切り籠《かご》に、洗い上げたばかりの紅茶のカップが二客伏せてあるのが見えた。ちょうど洗い物を終えたところだったらしい。

「誰か来てたの？」

「さっき慎一さんが見えたの。すぐ帰られたけど。あさちゃんがおつかいを頼んだんでしょう？」

「あ、……うん。近くを通るからついでに持っていってあげるって言われて……でもその後で、忘れ物に気がついて」

しどろもどろになりながら答える。

紗奈枝は特に怪しむ様子もなく、そうなの、と言った。

亜紗子は、なくしてもいない髪留めを捜すふりをしながら、紗奈枝を盗み見る。

紗奈枝は台所にいた。居間にいる亜紗子からは、その横顔が見える。そろそろ夕食の時間だ。カップを洗いあげ、その後で夕食の支度もしようとしていたところだったのだろう。

「あさちゃん、おかず、ありがとう。ごはんはこれから炊くけど、一緒に食べていく？」

「ううん、今日は……家に、何も言っていないから」

紗奈枝は、まったく、普通だった。表情も声も自然で、無理をしているようには見えない。

昨日までの紗奈枝は、幻だったのかと思うほど——洋祐のことを知らされる前に戻ったかのようだった。

もしくは、すっかり、忘れてしまったかのような。

（忘れて……）

友美たちから聞いた話を思い出した。

あんなに必死で縋《すが》ろうとしていたはずなのに、何故今まで頭に浮かばなかったのかわからない。

つらい記憶を消してくれる怪人——記憶屋。

（まさか）

緑色のベンチで待ってみたが、亜紗子は会えなかった。

駅の伝言板に書いたメッセージは、そういえば、どうなったのだろう。不用心だと言われたから、あの後慎一が消したと思っていたけれど、もしかしたらあのままになっていたのだろうか。

それが、記憶屋に届いたのだろうか？

「紗奈枝さん、その……元気そうだね」

「なあに、突然」

「何かいいことでもあったのかなって」

はっきりとは訊《き》けなかったが、探りを入れるつもりで訊いてみる。

いつまでも落ち込んではいられないから、とか、しっかりしないといけないから、と言うような一言が出てくれば、紗奈枝は落ち込むだけ落ち込んで、自力で立ち直った、ということになる。

しかし、もし、最初から何もなかったかのような反応だったら――

「何もないけど、そう見えるならよかったわ。できるだけ、いつでもにこにこしているほうがいいでしょう？」

紗奈枝は、野菜を保存している棚を見て、あら、お野菜がないわ、などと言いながら不思議そうにしている。

紗奈枝が買い物に行かなくなって大分経っていたし、亜紗子も、すでにできあがったおかずを届けるだけで、食材を買い足すことをしていなかったから当然だ。

仕方ないというように扉付きの戸棚から乾物を取り出して料理を始めた紗奈枝に、亜紗子は「そうだよね」と適当な返事をして、楽しげなその様子を眺める。

すっかり元通りだった。上品で明るくて穏やかな――亜紗子が憧《あこが》れていた紗奈枝だ。

昨日までのこと、覚えている？　と確かめることはできなかったが、亜紗子には、紗奈枝は辛《つら》い現実を乗り越えたのではなく、辛い現実を知る前に戻ってしまったように見えた。

意識的に目を逸《そ》らして、辛い現実をなかったことにしようとしているのか、もしくは――本当に、記憶屋に記憶を消されてしまったのか。

確かめたかったが、せっかく元の紗奈枝が戻ってきたのだ。不用意なことを言って、また紗奈枝がおかしくなってしまったらと思うと恐ろしかった。

以前のように笑っている紗奈枝を見られるのなら、それだけで十分だった。理由なんて、知らなくてもいい。本当に忘れてしまったのかも、確かめる必要なんてない。

少なくとも、今は。

泣き出したいほどほっとしたのを隠し、亜紗子は一つ咳払《せきばら》いをする。喉《のど》の奥が詰まって、涙声になりそうだった。

紗奈枝のとなりへ行き、「髪留めはないみたい」とだけ言う。なんとか、平静を装った声が出た。

できる限り、いつも通りにふるまおうと、亜紗子は洗い上げて伏せてあるカップをとって、わずかに残った水気をふきんで拭《ふ》き、食器棚へと運ぶ。

昨日まではテーブルの上に出ていたブランデーの瓶は、ガラス扉の向こうにある。三分の一ほどに中身が減っていて、亜紗子の覚えている昨日までの紗奈枝が幻ではなかったことを物語っていた。

紗奈枝がブランデーを飲んでいたグラスも、洗われて、今は戸棚の中にあった。

亜紗子は瓶の横にカップを並べ、しっかりと棚のガラス扉を閉める。

簡単な手伝いだけして、今日は帰ろう。両親に、このことを伝えなければならない。それに、長くここにいたら泣いてしまう。

「お茶は、慎一さんと飲んだの？」

「いいえ？　慎一さんはすぐ帰られたから……あら、誰だったかしら」

紗奈枝はそう言って首をかしげた。

紗奈枝は、ピアノ教室を休んでいたことを覚えていなかった。

洋祐の調査結果を知らされて以降の記憶が、まるまる抜け落ちているようだ。

亜紗子から事情を聞いた母親は、半信半疑だったが、翌日亜紗子とともに紗奈枝宅を訪ね、自分の目で紗奈枝を見て、理解したようだった。

亜紗子は、母親が何か紗奈枝を刺激するようなことを言うのではないかとはらはらしていたのだが、彼女は余計なことは言わず、亜紗子と同じように、この二週間をなかったことのようにふるまった。

きっと、あまりに辛すぎて、記憶に蓋《ふた》をしてしまったのだろう。かわいそうに——と、自宅に戻ってから、母親は眉《まゆ》を寄せて言った。

「本当に忘れてしまったなら幸せなのかもしれないけど、そうなるまで、どれだけ思いつめていたのか……もし演技だとしても、かわいそうすぎるわ。蒸し返すようなことは、しないでおきましょう」

あの報告書は捨ててしまって、私たちからは、洋祐さんのことには触れないようにしましょう。

そう言う母親に、亜紗子は深く頷《うなず》いた。

父親も、もとはと言えばおまえが本人に話したんだろう、などとは言わない。紗奈枝に洋祐の調査結果を伝えたのは母親だが、良かれと思ってのことだったのだと、亜紗子も父親もわかっていた。

おそらく彼女は、紗奈枝が騙《だま》されていたことにも気づかず洋祐を待ち続けているのを、そのままにはしておけないと思ったのだ。それは家族として紗奈枝を愛して、心配していたからこそだった。けれど、その結果紗奈枝はああなってしまった。母親も、伝えたことを後悔していたのだろう。

「本当のことは、知らないほうが幸せなんだから……。本人が洋祐さんの思い出話をしたら、前みたいに、何も知らないように、にこにこ聞いてあげればいいのよ」

「わかった。これまで通りにね」

調査結果を知っているのは、鈴岡と亜紗子と、両親くらいだ。慎一には亜紗子が話してしまったが、彼や鈴岡にも口止めをして、二度と紗奈枝が、真実を知ることのないようにしなければ。

記憶のない二週間については、紗奈枝は熱を出して寝込んでいたのだということにした。

もうろうとしていたから記憶がないのだろうと亜紗子や亜紗子の母親に言われ、紗奈枝は腑《ふ》に落ちない様子だったが、結局、「そうだったかしら」と作られた設定を受け容《い》れた。事実記憶がないのだから、「寝込んでいて意識がなかったからだ」と言われても強く否定できなかったのだろう。

何日か経ってから、紗奈枝がピアノ教室の生徒のおやつにと菓子を作りながら、「洋祐さんの好物なのよ」と笑顔で話し出したとき、亜紗子は、ああ、やはり、紗奈枝は忘れているのだと確信した。

洋祐のことをではない。

洋祐に関する調査報告書の結果や、それを知らされたことをだ。

亜紗子が駅で泣きながら願った通りになった。

亜紗子や、亜紗子の母親や、鈴岡が残酷な現実を紗奈枝に伝え、彼女につけてしまった傷は、取り返しがつかないはずだった。それが、時間が巻き戻ったかのように消え、なかったことになった。

そして今も、紗奈枝は迎えに来ない洋祐を待って、夢の中で暮らしている。幸せそうに。

きっとこれからも、そうして暮らしていくのだろう。

亜紗子も、周りの人間も、もう、それを邪魔することはない。

鈴岡は、また店頭に立つようになった。慎一から何を聞いたのか、紗奈枝のことについては何も言わなかったが、変わらず笑顔で買い物をする紗奈枝を見る目は、ほっとしたようでありながら、寂しそうでもあった。

慎一も、紗奈枝に対して、何事もなかったかのように振舞ってくれた。

紗奈枝の記憶が消えていることを亜紗子が伝えたときは、よかったねと言ってくれたが、どこか複雑そうな表情だった。「鈴岡さんの気持ちを考えるとね」と言っていた。

報告書は、おそらく母親が処分したのだろうが、亜紗子は見ていない。

すべては元通りになった。

自分も忘れよう、と思った。

何も知らない紗奈枝につきあって、いつか洋祐が迎えに来ると信じるふりをする。それだけで、以前と同じように、紗奈枝は穏やかに暮らしていける。彼女がそうあろうと決めた彼女のままでいられるのだ。

不思議なこともあるもんだな、と父親は首をひねっていた。母親も同意はしていたが、原因を追究するつもりはなさそうだった。

亜紗子は知っている。

きっと、記憶屋だ。

記憶屋が、紗奈枝の記憶を消したのだ。

もしかしたら、駅で亜紗子が大泣きした日、記憶屋は近くにいて、話を聞いていたのかもしれない。

慎一は何か言いたげだったけれど、亜紗子はこの結果に満足していた。そして、感謝していた。

だって、紗奈枝は笑っている。

彼女には、偽りでも何でも、優しい世界に生きていてほしい。

その願いを、記憶屋は叶《かな》えてくれたのだ。

駅へ行ってみると、伝言板に亜紗子が書いた名前は消されていた。

慎一が消したのかもしれないし、駅員が消したのかもしれないし、伝言を見た誰かが消したのかもしれない。

記憶屋に届くかどうかはわからないが、亜紗子はそこに「ありがとう」と書いた。

＊　＊　＊

慎一さん、お久しぶり、と、電話ごしの声は言った。

『亜紗子です』

声だけではわからなかったが、名前を聞いて、すぐに思い出がよみがえる。

慎一が若い頃近所に住んでいた、妹のように思っていた、年下の女の子。何年ぶりだろう。懐かしさに口元がほころんだ。

「ああ、亜紗子ちゃん、久しぶり」

慎一がそう返すと、亜紗子は嬉《うれ》しそうに『亜紗子ちゃんなんて呼ばれるのも久しぶりだわ』と笑った。

以前この近所に住んでいた亜紗子は、お見合いをして結婚して、今は関西に住んでいる。

「結婚するなら、素性のしっかりした人でなければ」と言って、彼女が自分からお見合いを希望したと聞いたときは、紗奈枝の一件のせいで男性を信じられなくなっているのではないかと心配したものだったが、彼女の夫は誠実な人だったようだ。聞く限り、彼女の結婚生活は平穏で、今では子どもが二人、どちらも成人して、孫もいる。

近所にいた頃は親しくしていたが、血縁関係があるわけではないから、距離が離れるとなかなか会う機会もなくなってしまい、今では年賀状のやりとりをする程度になっていた。

今日はこの後、孫が訪ねてくることになっていたが、予定の時間まではまだ少し余裕がある。慎一はしばらく、亜紗子の電話につきあうことにした。何か用事があってかけてきたのだろうし、用事がないのだとしても、懐かしかった。

近況や、互いの家族のことを話しているうちに、すぐに距離感は昔に戻る。

しばらくして、話題は、随分前に亡くなった彼女の伯母《おば》、紗奈枝のことに移った。

『孫にも話してあげたの。とっても素敵な人だったのよって。そうしたら、あの子、紗奈枝さんのこと、私より一回りくらい年上なだけのお姉さんだと思ったみたい。後から誤解しているのに気づいて、紗奈枝さんは私の母親の姉よ、私が十七歳のころ、もう紗奈枝さんは今の私より年上のおばあちゃんだったのよと言ったら、驚いていたわ。年齢はともかく、全然、おばあさんって感じじゃなかったものね。少女のように可愛らしくて、きれいで』

「それはきっと、お孫さんの聞いた話の中の紗奈枝さんが、亜紗子ちゃんの目を通した紗奈枝さんだからだよ。紗奈枝さんは、亜紗子ちゃんの憧《あこが》れの人だったからね」

『そうね、でも、どんなに憧れても、あんな風にはなれないわ』

亜紗子も今では、あの頃の紗奈枝とそう変わらない年齢だ。

亜紗子は慎一よりも年下だが、結婚が早かったから、彼女の孫はもう中学生だった。慎一にも孫娘がいるが、こちらはまだ六つになったばかりだ。

『戦争に行ったきり帰ってこなかったって聞いて、てっきり、洋祐さんは亡くなったんだって思い込んでいたけど……まさか、別に家庭を持っていたなんて、今思い出しても、ひどい話よね』

そうだねと、慎一は相槌《あいづち》を打った。

あの当時のことはよく覚えている。慎一が世話になっていた鈴岡が長い間想いを寄せていた紗奈枝は、どこか浮世離れした、西洋の貴婦人のような女性だった。華奢《きゃしゃ》で、白髪に白い肌が、まるで雪の妖精《ようせい》のような風情で、鈴岡が惹《ひ》かれたのも理解できる。

恋慕というよりは、崇拝の対象のようだった。

帰らない夫を待ち続ける健気《けなげ》な彼女を、鈴岡は何年も見つめ続け、彼女の迷惑にならないよう、適度な距離を保って友人であり続けた。

あのとき、知人の探偵事務所に依頼をして洋祐の行方を調べさせたのも、決して、悪気があってのことではなかったのだ。

『戦死の通知が来ないから、もしかしたら生きているかもしれないって、紗奈枝さんは信じていたけど……通知なんて来なくて当たり前よね。洋祐さんの家は別にあって、紗奈枝さんは正式な妻ではなかったんだから……。亡くなっていたとしても、通知なんて来るはずなかった。でもあのころはごたごたしていて、そういうことは珍しくなかったから、きっと、通知はどこかで迷子になったんだろう、もしくは生死が確認できない状態だったんだろう、でも生きてはいないだろうって、紗奈枝さん以外は皆思ってた』

あるいは紗奈枝も、頭のどこかではそう思っていたかもしれない。

それでも、「もしかしたら」という希望が、彼女を支えていたのだ。

もしもいつか彼が戻ってくることがあったら、そのときのため、愛する人に恥じない自分でいたいと――そして、たとえ戻ってくることがなくても、愛されたという自信や誇りが、彼女の美しさを作っていた。

『紗奈枝さんはつまり、内縁の妻、だったのよね。どういう理由でそうなったのか、本人には聞けなかったから、わからないけど……紗奈枝さんは世間知らずだったし、洋祐さんと一緒になったのは、まだ随分若い頃だったそうだから、騙《だま》されていても気づかなかったかも。そう考えると、洋祐さんはますます許せないけど、悪事がわかったときには、もう死んじゃってるんだもの』

怒りをぶつけようもなかった、と亜紗子は、ため息まじりに言う。その声には、紗奈枝を裏切っていた洋祐への強い恨みは感じられなかった。

『発覚直後は紗奈枝さんが心配でそれどころじゃなかったし、紗奈枝さんが元気になってからは、また惚気《のろけ》みたいな思い出話ばかり聞かされるしで……結局皆の間では、洋祐さんと紗奈枝さんはいい夫婦だった、ってことになってるのよね。なんだか釈然としないけど、いつのまにか私まで、怒るタイミングをなくしたままになっていて』

「紗奈枝さんがあれだけ、いい話ばかり聞かせてくれると、嫌いになるのもなかなか難しいよね。理想の女性の、最愛の夫像だからね。調査結果は事実なんだろうけど、何かの間違いなんじゃないかとか、事情があったんじゃないかなんて思えてしまうくらい……紗奈枝さんの身内にしてみれば、事情があったって許せないだろうけど」

事情を知る者たちが皆、紗奈枝の幸せが一番だと考えたから、洋祐の裏切りが明らかにされることはなかった。一番の被害者である紗奈枝が、被害の存在を忘れてしまっては、周りばかりが怒りを存続させることも難しい。

紗奈枝が幸せならばそれでいいと、結局そこに落ち着いてしまった。

誰もが紗奈枝を慕っていた。

だからこそ、紗奈枝が事実を知ってしまったと聞いたときの鈴岡の落ち込みようはひどいものだった。

亜紗子が紗奈枝を見ていられないと思ったように、慎一も、鈴岡を見ているのは辛《つら》かった。

紗奈枝のことも心配だったが、紗奈枝に何かあったら、亜紗子も鈴岡も、どうにかなってしまうのではないかというのも心配だった。

だから、亜紗子が駅のベンチで記憶屋を待っていると知ったときは、複雑な気分だった。

あのときは慎一も、ずいぶん迷ったのだ。

『ねえ、それでね……この間ね、思い出したの。記憶屋の話……覚えてる？　今ではほとんど聞かなくなったけど』

わずかに声の調子を落として、亜紗子が言った。

『紗奈枝さんの記憶を消したのは、本当に、記憶屋だったのかしら』

亜紗子が記憶屋の話をするのは、いつぶりだろう。二十年、三十年。もっとかもしれない。

予感めいたものを感じて、慎一は胸の内でだけ、それに対応するための準備をする。

警戒が声に出ないよう気をつけて、やんわりと言った。

「さあ、個人的には、疑わしいと思っているけど……紗奈枝さんの記憶が消えたのが事実なら、もしかしたら、そうだったのかもしれない。でも、確かめようがないよ」

そうよね、と言いながら、亜紗子はまだ何か言いたそうだ。

久しぶりに亜紗子が自分に電話をかけてきたのも、その中で記憶屋について触れたのも、たまたま思い出してのことではないだろう。

本題はここからのようだ。慎一は黙って待つ。

躊躇《ちゅうちょ》しているのか、少しの間沈黙した後で、亜紗子はようやく話し出した。

『百合子《ゆりこ》がね、その……結婚を考えている恋人を連れてくると言っていたんだけど、別れてしまったみたいでね。かわいそうにと思っていたんだけど、この間、警察が家に来て……もしかしたら、その人、結婚詐欺師だったかもしれないの』

百合子は、亜紗子の次女の名前だ。慎一も会ったことがある。最後に会ったのは、彼女が中学生のときだったか。

遅くにできた二人目だったから、亜紗子たち夫婦は随分可愛がっていた。長女は結婚して家を出たが、百合子は今も両親の亜紗子たちと一緒に住んでいるはずだ。

『百合子はすごくショックを受けてふさぎこんでいて、私、見ていられなくて……』

亜紗子はそこまで言って言葉を切った。

あの百合子が、と思うと、慎一も胸が痛む。母親の亜紗子が声を詰まらせるのも無理はない——しかし、おそらく、それだけではない。これから言おうとしていることに、彼女は緊張しているのだ。

亜紗子は、どこか探るような、慎重な声音で続けた。

『もしもあのとき紗奈枝さんを助けてくれた記憶屋が、百合子のところにも来てくれたらって——私、そう思ったの』

彼女に、確信はないだろう。しかし、もしかしたら薄々、感じることがあったのかもしれない。

亜紗子の願ったとおりに紗奈枝の記憶が消え、あれから何十年も経った。

当時まだ女学生だった亜紗子はそれが、記憶屋の仕業だと信じていた。

直後は、ただほっとして、感謝して、思いがけない幸運に喜んでいたようだったが、時間が経つにつれ、冷静になって、あれはどういうことだったのだろうと、考える機会もあっただろう。

記憶屋はどうやって亜紗子の願いを知り、いつ、紗奈枝の記憶を消したのか。

考える中で、ふと、もしかしたらあれは、と——それまで思い当たらなかったことに、気づいてしまうということはある。

彼女が、答えと、救いを求めているのはわかっていた。希望を持って電話をかけてきたのだろうことも。

けれどそれを与えることはできない。

慎一はずいぶん前に、そう決めていた。

「百合子ちゃんは、賢くて強い子だ。今は落ち込んでいるかもしれないけど、きっと乗り越えられるよ。亜紗子ちゃんみたいに、心配してくれる家族がそばにいるんだしね」

静かに、柔らかく、できるだけ、突き放して聞こえないように。

亜紗子の友人として、菅原《すがわら》慎一個人として、誠実に伝える。

記憶屋が、亜紗子の前に現れることはない。もう二度と。

あれは一度きりの例外だった。

本当は紗奈枝の前にも、現れないはずだった。亜紗子の涙や、鈴岡の悩んでいる様子にほだされて、実際に目にした紗奈枝の憔悴《しょうすい》した様子に動揺して、これが最後だと、自分で決めた誓いを破った。

あの頃すでに、記憶屋は活動を止めていて、いつか古い噂話の中だけの存在になるはずだったのだ。それなのに、何の巡り合わせか、慎一が親しくしていた、妹のように思っていた亜紗子が、その存在を知ってしまった。彼女が一番それを必要としているときに。

後悔しているとまでは言わない。あれでよかったのだと今は思えているけれど、紗奈枝の記憶を消したのが正しいことだったのか、慎一もあれから随分と悩んだ。

大事な人たちの苦しみや悲しみを目の前にしたとき、正しくないのではと思っても、もう使うまいと思った能力でも、人は、それを使ってしまう。

消した後では、取り返しがつかないのに。自分ひとりがいつまでも、それが正しかったのかと考え続けることになるのに、それでも、救えるのならと思ってしまう。

けれど、今度こそ、もうやめたのだ。

記憶屋はもういない。

慎一にできるのは、友人として、亜紗子に声をかけることだけだ。

「亜紗子ちゃんが支えてあげれば、きっと大丈夫だ」

建前じゃなく、心を込めて言った。

亜紗子は、電話の向こうで、小さく息をのんだようだった。

『……そうね。急に変な話をしてごめんなさい』

少しの沈黙の後、朗らかな声、とは言えなかったが、穏やかな口調でそう言って、亜紗子は話題を変えた。

彼女はきっと、察しただろう。

他愛もない世間話をしながら、少しずつ、声に不自然な明るさがなくなっていった。

彼女は自分の中で、折り合いをつけたようだった。

本当は彼女も、きっと、わかっていたのだ。

「今日は孫が遊びに来ることになっているんだ。今、娘夫婦の自宅は改築中で、三人で向こうの祖父母の家にいるんだけど、幼なじみの男の子と一緒に家《うち》を訪ねてくれることになっている」

『そう、楽しみね。真希ちゃん、大きくなったでしょう』

あんまり邪魔しちゃ悪いわね、と言って、亜紗子は世間話を切り上げた。

ありがとう、話せてよかった、と最後に言ってくれた。

慎一が受話器を置いたちょうどそのとき、呼び鈴が鳴る。

きっと真希だ。

慎一は孫娘を出迎えるため、玄関へと向かった。

in the cabin 5：22 PM

観覧車からの景色は、夕焼けで薄いオレンジ色に染まっていた。

「メリーゴーラウンドとか売店とか、上から見るとおもちゃみたい」

遠ざかる地面を見下ろして、真希が呟《つぶや》く。

遼一は観覧車に興味はなく、真希が乗りたいのならまあいいか、と思ってついてきただけだったが、眼下に広がる景色がどんどん小さくなっていくのは、思っていたよりも気持ちがよかった。

ゴンドラがあがるにつれて視界が広がり、遊園地の敷地内だけではなく、駐車場や、その先にある高速道路やホテルなども見渡せる。

「俺、観覧車に乗るの初めてかも」

「えっそうなの？　私も、最後に乗ったのは子どものころだと思うけど」

「うん。覚えてる限りでは初」

喜んで遊園地に来ていた子どもの頃は、もっと刺激的な乗り物のほうが魅力的に見えた。それに、できる限りたくさんの乗り物に乗りたいのに、一周に時間がかかる観覧車にわざわざ乗ろうとは思わなかったのだ。記憶にないほどうんと小さい頃のことはわからないが、少なくとも覚えている限りでは、遼一には観覧車に乗った記憶はなかった。

そっか、初めてかー、と、真希は何故か嬉《うれ》しそうにしている。

「なんだよ」

「別にぃ」

そういえば、小学生のときも、真希と遊園地に来たことがあった。両親に連れられて。そのときは、身長のせいで乗れない乗り物もあって悔しい思いをした。そのときも観覧車には乗れたはずだが、乗った記憶がないということは、たぶん乗りたいと思わなかったのだろう。真希は乗ったのだろうか。覚えていない。

小さい頃の遼一と同じように考える客は多いらしく、今回も、まったく並ばずに乗ることができた。他のゴンドラも、半数くらいが空いている。

観覧車の速度は、思っていた以上にゆっくりだ。確か、一周十七分と書いてあった。

「こういうのって、何のためにあるんだろうって思ってたんだよな。高いけど、それだけでスリルがあるとも言えないし、子どもは退屈だろうし」

「今日は楽しかったねーとか、景色を眺めながらおしゃべりするんじゃない？」

「まあ確かに景色はいいけど」

遊園地の、メインの客層を考えると——その主役だろう子どもたちには、遊園地で景色を楽しむという発想はないだろう。

「デートでは定番だよ。ほら、せっかく来てるんだから、練習しないと。観覧車で気の利いたことを言えるかどうかで印象は全然違うよ、きっと」

「練習って言ってもな」

そういえば来る前もそんなことを言っていたっけ、と思い出した。

しかし、デートなんてものは相手次第だ。練習に意味があるとも思えない。

それに、意中の相手とは、そもそも二人で観覧車に乗るところまで、あるいはその前段階、遊園地に来るところまで持ってくるのが難しいのではないか。

そう思ったが、真希相手にそんなことを言っても仕方がない。

遼一が乗ってこなかったからか、真希はつまらなそうにしていたが、やがて窓の外へ目を向け、腰を浮かして伸び上がるようにした。

「この観覧車、てっぺんまで来ると海のほうまで見えるって、クラスの男子に教えてもらったんだ。この高さだとまだ見えないね」

「へー」

真希はちらっと遼一を見て続ける。

「何かね、ゴンドラがてっぺんに来たときに告白したらかなうって、ジンクスもあるんだって。今度一緒に行かないって言われたけど、断ったの。でも、観覧車には乗りたいなって思ってて」

そんなときにチケットをもらって、遼一を誘ったという。

これにはさすがに、遼一も真希を見た。

「おまえ罪な奴だな、それってデートのお誘いだろ。ていうかもう告白されたようなもんだろ」

中学生男子が、そんなロマンティックなジンクスの話をするのにも、女の子を遊園地に誘うのにも、相当勇気が要る。その男子は、真希のことが好きなのだろう。

遼一が呆《あき》れて言うと、真希は拗《す》ねたように
「それも断ったもん」

そう言って、それから、

「ちゃんと、好きな人がいるからって」

小さな声で付け足した。

「……へー」

反応が遅れたのは、動揺したからだ。

声はいつも通りを装えたが、表情には出たかもしれない。

告白されたと聞いたときにはそれほど驚かなかったのに——真希に好きな人がいると聞いて、何故うろたえてしまっているのか、自分でもわからなかった。

中学生なら、好きな人くらいいてもおかしくはない。それなのに、一度も考えたことがなかった。

毎日のように遼一の家へ顔を出して、土日でもかまわず押しかけてくるくせに、一体いつそんな暇があったのか。学校の誰かだろうか。

毎日のように顔を合わせていたのに、真希が恋をしていたことにも気づかなかった。

それが悔しいような——なんだか、さびしいような気がする。

真希に彼氏ができたら、ちょっとおもしろくないな、とも思った。

どうしてだろう。

——どうしてだろう？

自分に彼女がいないから、ひがんでいるのだろうか。置いて行かれるような気持ちになっているのか？　だとしたら、あまりに情けない。

「遼ちゃん」

自分が動揺していることにまた動揺して、名前を呼ばれたのに上の空で返事をする。

何がだよ、と言おうとして真希の方を向いたら、真正面から視線がぶつかった。

真希はまっすぐこちらを見ていた。

「何が……」

「遼ちゃんだよ」

「ん？」

「遼ちゃんが好き」

瞬《まばた》きをして、真希の視線を受け止めて、数秒。

好き？

（――俺を？）

ようやくその言葉の意味が飲み込める。

思わずまじまじと見てしまったが、真希は目を逸《そ》らさなかった。

ゴンドラはちょうど頂上へ到達するところで、夕日が真希の頬にあたってキラキラしていた。

両手をぎゅっと握って、自分の膝《ひざ》の上に置いて、覚悟を決めたような、真剣な表情だった。

見たことのない真希だ。

思ってもみなかった告白にどうしたらいいかわからなくて、すぐには言葉を返せない。

　頭が動かなかった。

　自分がどんな表情をしていたのか、遼一にはわからない。けれど、唇を引き結んで答えを待っていた真希がくしゃりと顔を歪《ゆが》めたから、困った表情をしていたのかもしれない。

　真希は、自分が迷惑がって、断りの言葉を探していると思ったのかもしれない。

　そんなつもりじゃなかったのに。

（あ、泣く）

　泣かせてしまう。

　すぐにわかった。真希の泣き顔なら、小さい頃から何度も見ていた。

　さすがに中学生になってからは泣いたところは見ていなかったが、そのせいだろうか。見慣れているはずなのに、今の真希の泣き顔は、子どものころのそれよりもずっと胸が痛む。

「ご……」

　ごめん、違う、嫌とかそういうんじゃなくて――

　遼一が説明しようと口を開きかけたとき、真希が向かいの椅子から腰を浮かせ、腕を伸ばした。

こちらへ伸ばされる手を見た。爪の先まで夕焼けの色に染まっていた。

中途半端な目隠しをするように、遼一の言葉を遮るように——真希の手のひらが、額に触れる。

本書は書き下ろしです。
この作品はフィクションであり、実在の人物・団体・名称等とは一切関係ありません。

記憶屋《きおくや》0《ゼロ》
織守《おりがみ》きょうや

角川ホラー文庫 21920

令和元年11月25日 初版発行

発行者——郡司 聡
発 行——株式会社KADOKAWA
〒102-8177 東京都千代田区富士見2-13-3
電話 0570-002-301(ナビダイヤル)
印刷所——旭印刷株式会社
製本所——本間製本株式会社
装幀者——田島照久

●お問い合わせ
https://www.kadokawa.co.jp/ (「お問い合わせ」へお進みください)
※内容によっては、お答えできない場合があります。
※サポートは日本国内のみとさせていただきます。
※Japanese text only

ISBN978-4-04-108737-4 C0193

角川文庫発刊に際して

角川源義

第二次世界大戦の敗北は、軍事力の敗北であった以上に、私たちの若い文化力の敗退であった。私たちの文化が戦争に対して如何に無力であり、単なるあだ花に過ぎなかったかを、私たちは身を以て体験し痛感した。西洋近代文化の摂取にとって、明治以後八十年の歳月は決して短かすぎたとは言えない。にもかかわらず、近代文化の伝統を確立し、自由な批判と柔軟な良識に富む文化層として自らを形成することに私たちは失敗して来た。そしてこれは、各層への文化の普及滲透を任務とする出版人の責任でもあった。

一九四五年以来、私たちは再び振出しに戻り、第一歩から踏み出すことを余儀なくされた。これは大きな不幸ではあるが、反面、これまでの混沌・未熟・歪曲の中にあった我が国の文化に秩序と確たる基礎を齎らすためには絶好の機会でもある。角川書店は、このような祖国の文化的危機にあたり、微力をも顧みず再建の礎石たるべき抱負と決意とをもって出発したが、ここに創立以来の念願を果すべく角川文庫を発刊する。これまで刊行されたあらゆる全集叢書文庫類の長所と短所とを検討し、古今東西の不朽の典籍を、良心的編集のもとに、廉価に、そして書架にふさわしい美本として、多くのひとびとに提供しようとする。しかし私たちは徒らに百科全書的な知識のジレッタントを作ることを目的とせず、あくまで祖国の文化に秩序と再建への道を示し、この文庫を角川書店の栄ある事業として、今後永久に継続発展せしめ、学芸と教養との殿堂として大成せんことを期したい。多くの読書子の愛情ある忠言と支持とによって、この希望と抱負とを完遂せしめられんことを願う。

一九四九年五月三日

記憶屋

織守きょうや

消したい記憶は、ありますか――?

大学生の遼一は、想いを寄せる先輩・杏子の夜道恐怖症を一緒に治そうとしていた。だが杏子は、忘れたい記憶を消してくれるという都市伝説の怪人「記憶屋」を探しに行き、トラウマと共に遼一のことも忘れてしまう。記憶屋など存在しないと思う遼一。しかし他にも不自然に記憶を失った人がいると知り、真相を探り始めるが……。記憶を消すことは悪なのか正義なのか? 泣けるほど切ない、第22回日本ホラー小説大賞・読者賞受賞作。

角川ホラー文庫

ISBN 978-4-04-103554-2

記憶屋Ⅲ

織守きょうや

ついに明かされる「記憶屋」の秘密

高校生の夏生《なつき》が、４年前に巻き込まれた集団記憶喪失事件。「記憶屋」の関与を疑う新聞記者の猪瀬に頼まれ、夏生は記憶屋探しに協力していた。だが、手掛かりとして接触した料理人の男性の記憶が消えてしまい、猪瀬は夏生の親友・芽衣子への疑いを強めることに。夏生はこれ以上記憶屋に近づきたくないと訴えるが、その矢先に猪瀬と一緒にいるのを芽衣子に見られてしまい……。記憶屋をめぐる、衝撃の真実がついに明かされる。

角川ホラー文庫

ISBN 978-4-04-104483-4

牛家《うしいえ》

岩城裕明

ゴミ屋敷は現代のお化け屋敷だ！

ゴミ屋敷にはなんでもあるんだよ。ゴミ屋敷なめんな——特殊清掃員の俺は、ある一軒家の清掃をすることに。期間は2日。しかし、ゴミで溢れる屋内では、いてはならないモノが出現したり、掃除したはずが一晩で元に戻っていたり。しかも家では、病んだ妻が、赤子のビニール人形を食卓に並べる。これは夢か現実か——表題作ほか、狂おしいほど純粋な親子愛を切なく描く「瓶人《かめびと》」を収録した、衝撃の日本ホラー小説大賞佳作！

角川ホラー文庫

ISBN 978-4-04-102162-0

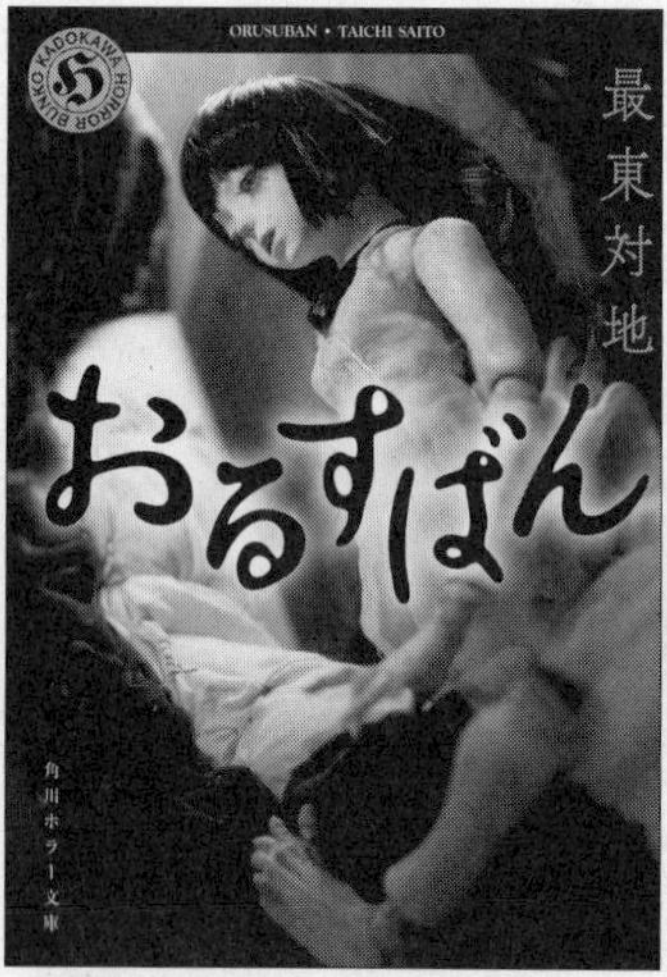

おるすばん

最東対地

絶対に、ドアを開けてはいけない——

「ドロボー」は律儀に呼び鈴を押して訪ねてくる。ドアを開けたら最後、身体の一部をもぎ取られてしまうらしい——。奇怪な都市伝説を聞いた祐子は、幼い姪が最近怯えている、左腕がない「キムラサン」との符合に戦慄する。オカルト雑誌の編集者とともに調査に乗り出した祐子は、封印していた自身の記憶が蠢きだすのを感じる……。底なしの憎悪に読む者を引きずり込む、理不尽かつ容赦ないノンストップ・サスペンス・ホラー！

角川ホラー文庫

ISBN 978-4-04-108662-9

ぼぎわんが、来る

澤村伊智

空前絶後のノンストップ・ホラー！

“あれ”が来たら、絶対に答えたり、入れたりしてはいかん——。幸せな新婚生活を送る田原秀樹の会社に、とある来訪者があった。それ以降、秀樹の周囲で起こる部下の原因不明の怪我や不気味な電話などの怪異。一連の事象は亡き祖父が恐れた“ぼぎわん”という化け物の仕業なのか。愛する家族を守るため、秀樹は比嘉真琴という女性霊能者を頼るが……⁉　全選考委員が大絶賛！　第22回日本ホラー小説大賞〈大賞〉受賞作。

角川ホラー文庫

ISBN 978-4-04-106429-0

ISBN 978-4-04-106065-0

美食亭グストーの特別料理

木犀あこ

悪魔的料理人による究極の飯テロ小説！

グルメ界隈で噂の店、歌舞伎町にある「美食亭グストー」を訪れた大学生の一条刀馬は、悪魔のような料理長・荒神羊一にはめられて地下の特別室「怪食亭グストー」で下働きをすることになる。真珠を作る牡蠣に、昭和の美食家が書き遺した幻の熟成肉、思い出の味通りのすっぽんのスープと、店に来る客のオーダーは一風変わったものばかり。彼らの注文と、その裏に隠された秘密に向き合ううちに、刀馬は荒神の過去に迫る――。

角川ホラー文庫

ISBN 978-4-04-108162-4